일곱 번의 봄:

당신의 스물아홉부터 서른다섯은 어땠는지

일곱 번의 봄:
당신의 스물아홉부터 서른다섯은 어땠는지

최새봄 글
서상익 그림

스물아홉부터 서른다섯까지,
일곱 번의 봄을 지나온 기억

    왜 쓰느냐, 하는 질문은 아주 오래전부터 스스로에게 던져 온 것임에도, 가끔 누군가 내게 툭 던지듯 물어 오면 대답을 머뭇거리곤 했다. 그냥, 좋아서요- 쓰는 게 좋아서, 라고 대답하면서도 어쩐지 개운치 않아 말꼬리를 흐리고 말았던 순간들.

    책의 원고를 만들며, 그동안 써놓은 글들을 추리고 구분 짓는 작업을 하다 보니 참 많은 말들이 있었구나, 많은 생각이 있었구나, 너무 많은 장면들이 내 안에 담겨서 글로 남겨 놓았구나 싶다. 단편적으로 바라보면, 그저 7년간 반복되어 온 일상.

    매일 출근하고 사람들과 그림을 그리고, 이야기 나누고, 커피를 마시며 노을 지는 것을 보거나 비가 내리는 모습을 바라보았던 날들. 가끔 떠난 긴 여행, 두근거렸던 관계, 끝없이 그릇을 싸고 풀고 또다시 쌌다가 제자리를 찾아 주는 이사, 출퇴근길 셀 수 없이 탔던 버스와 지하철, 풍경에 주의를 하염없이 빼앗기며 걸었던 서울의 오래된 골목들. 와인이나 맥주, 아주 드물게 소주에 취했던 날들, 다 함께 사진을 찍거나 혼자서 셀피로 남긴 그날의 얼굴, 그런 것들이 한가득 쓰여 있었다.

매해 봄이면 바라보고 만져 봤던 일곱 번의 벚꽃, 개나리, 여름의 해, 장마를 함께 지나온 네이비색 우산, 겨울의 캐시미어 머플러, 십 년도 넘은 내 손에 익은 붓과 펜. 슬쩍 지나치듯 보면 거기서 거기인 듯 비슷했던 매일을, 모두 다른 장면처럼, 성실하게도 적어 온 스물아홉부터 서른다섯까지의 나.

두툼한 글을 손에 쥐고 나누다 보니 예상외로 카테고리가 많지 않았다. 가장 많은 글이 '삶'에 대해서, 그리고 '일'과 '관계', '나'와 '여행', 그게 다였으니까. 미루던 대청소를 마친 듯 개운해진 기분으로 다시 한 번 스스로에게 물어본다. 왜 썼는지, 어째서 계속 쓰려고 하는지.

왜 쓰는가, 무엇을 쓰는가, 누구를 위해 쓰는가, 나라는 사람이 반드시 써야만 하는가.

　나는 한없이 무르고 허술한 구석이 많음에도, 스스로 납득하지 못한 것에 대해서는 완강히 버티는, 고집이 있다. 까라면 까, 라거나 시키면 시키는 대로 하지 왜 이렇게 말이 많아, 라는 식의 협박 혹은 강압에 두려움을 느낄지언정 결국 시키는 대로 하지는 않는다. 그런 태도는 스스로에게 무언가를 요구할 때도 동일해서 어떤 일들은 수월하게 답을 찾았지만 '쓰는 것'에 대해서는 꽤 오랫동안 답을 찾지 못했다.

　이렇게나 오래도록 붙들고 있으면서도 속 시원한 답이 없다면 그만 포기하거나 대충 넘어가도 좋으련만, 기묘한 끈기와 집착으로 듣고 싶은 답을 찾아낼 때까지 버티고 스스로를 쥐어 짜서 여기까지 오고야 말았다. 결국, 나의 질문에 대한 답은 내 안에 있다고, 아주 오래전 철학자의 말을 곧이곧대로 믿어 버린 것은, 그렇게 믿고 싶었기 때문이었으니까. 답이 내 안에 있다고, 아직 발견하지 못한 것뿐이라고, 언젠가는 반드시, 찾아낼 수 있을 거라고.

　이 지구상 어딘가에, 이렇게 살아가고 있는 사람이 있다. 당신과 마찬가지로 삶의 이런저런 일들을 겪으며, 가끔은 포기하고 싶어질 때가 있고, 종종 견뎌야만 하는 많은 것들이 힘에 부칠 때도 있지만, 어쩐지 그 모든 울고 싶은 순간들에도 불구하고 자주 행복하다고 느끼고 마는 '나'라는 한 사람이.

특별하다면 한 사람, 한 사람이 전부 다르고 넓은 시야로 바라보면 우리는 비슷비슷한 삶을 사는 평범한 사람들. 그런 우리, 우리이자 나, 당신의 이야기면서 나만의 이야기이기도 한 그런, 살아가는 지금을 쓰는 일.

나라는 유일한 개인의 삶의 미세한 구김과 틈새를 낱낱이 적어서 불특정 다수인 타인과 만나고 싶다는 욕망, 가장 개인적인 것들로 보편적인 공감을 얻을 수 있는 행운을 바라는 욕심.

쓰기 훨씬 이전부터 나는 누군가의 글을 읽으며 자랐고, 살았다. 얼굴도 모르는 누군가의 일상을 적은 글이 내게 위로가 되어 주었고 다른 세기를 살았던 오랜 과거의 소설들이 나를 꿈꾸게 했으니까. 나는 그런 사람이고 싶다. 누군가를 그렇게 만들 수 있는 사람이고 싶다.

어쩌면 누군가, 내가 여전히 그렇듯 나의 글을 자신의 삶에 잠시 겹쳐 보는 순간이 있지 않을까, 하는 기대로. 아무도 시키지 않은 일을 매일 한다. 매일 쓰는 것 말고는 아는 다른 방법이 없어서. 스스로 정해 놓은 하루의 언제쯤, 이만큼 쓰기라는 약속을 혼자서 해놓고 꾸역꾸역 자리에 앉아 무언가를 쓴다. 시간이 없어서, 혹은 피곤하다는 핑계로 하루쯤 건너뛰고 잠드는 밤이면 홀로 괴롭다. 아무도 탓하지 않음에도 쓰지 않은 날들에 대해 후회를 한다.

일 년, 365일에 일곱 번을 곱한 날만큼, 비슷비슷했던 하루하루, 가끔 특별했던 순간들, 그날을 살던 내가 적어 놓은 장면들.

아침의 해가 뜨는 것, 잠이 깨고 하루를 시작하는 것, 어둠이 내리면 모두 어디론가 돌아가는 것, 쳇바퀴 같은 삶이 계속되는 것에 대하여. 그 안의 슬픔, 기쁨, 웃음과 눈물, 꿈꾸고 들떴던 시절, 실패한 경험, 절망과 희망, 사랑하고 이별한 기억, 그리고 이 모든 순간 이후에도 다시, 다시 한 번 삶을 살겠다고 의지를 다지던 날들을, 그렇게 나의 마지막까지 적어 둘 수 있기를 바라는 마음으로.

누군가 호기심으로 읽기 시작해서 몇 번쯤 고개를 끄덕이며 공감할 수 있었으면 좋겠다. 약간 키득거린다면 더할 나위 없이 좋을 테고, 한두 줄 밑줄이라도 그어진다면 얼마

프롤로그

나 기쁠까 상상해 본다. 7년, 순식간에 지나가 버린 시간이지만 날 수를 헤아려 보면 아득해진다.

당신의 스물아홉부터 서른다섯은 어땠는지, 그 시간을 이미 지나왔는지, 지나고 있는지, 두근거리며 기다리고 있는지, 지나온 지 한참 후라 돌아보기에도 너무 멀어졌는지, 알고 싶다. 당신도 나처럼 헤매고, 길을 찾고, 무언가를 이루고, 이룬 것보다 많이 잃어버리고, 기쁘고 슬퍼서 울고 웃었던 날들이었을까.

목차

1. 삶: 주문한 적 없지만,
교환&환불 불가

아무리 간절해도

삶이란 뒷걸음이 없다는 걸 알고 있으니까.

잠깐 뒤를 돌아보고 다시 앞을 향해 걷는다.

예술로 살고 싶었는데,
그게 안 된다면 예술을 하면서라도 살아야지 뭐.

딱 한 번,
그때로
돌아갈 수 있다면

그때, 그랬더라면. 그때 a가 아니라 b를 선택했더라면. 그때로 돌아갈 수만 있다면, 모든 것이 달라질 수 있을 텐데. 지금과 전혀 다른 삶을 살고 있을 텐데, 지금의 내가 아니라 더 나은 내가 될 수 있었을 텐데. 많은 것을 잃어버리지 않고 이룰 수 있었을 텐데.

웹툰, 드라마, 소설이나 영화에서도, 자주 다뤄지는 주제, 시간여행. 과거의 어느 시점으로 돌아가 그때와는 정반대의 선택을 하고 완전히 다른 새 삶을 살아가는 주인공을 내세운 작품들은 아주 오래전부터 있었다. 사람들은 지금이 너무 힘들 때, 현실에서 해결책을 찾는 것이 버겁다고 느껴질 때, 과거로 돌아가 더 나은 선택을 할 수만 있다면 좋을 텐데, 하는 비현실적인 꿈을 꾼다.

생은 나의 의도와는 상관없이 주어지고 세상과 만나는 첫 순간에 우리는 살아가기로 하는 것 외에는 선택지가 없었다. 가끔은 태어나는 것을 선택한 적도 없고, 성별이나 국적, 부모를 고른 적도 없는데, 살아가는 것을 그저 받아들여야만 한다는 사실이 너무나 아이러니하다고 느껴질 때도 있다.

그렇게 생존만이 유일한 과제인 시기를 지나 자아가 고개를 들고 내가 나를 인식할 수 있게 되는 순간부터 우리는 선택이라는 것을 시작한다. 그리고 하루하루의 작은 선택들이 시간의 흐름과 함께 쌓여서 지금의 나를 이룬다.

내 마음이 원하는 것, 초록색 크레파스와 노란색 색종이 중에서 가지고 싶은 것을 고르고, 딸기 케이크와 초콜릿 케이크를 고민하는 것. 진로를 정하고, 배우자를 선택하고, 살 곳을 찾고, 입고 먹고 마시는 것까지, 아주 사소한 것부터 삶의 결정적인 장면에 이르는 수많은 선택들. 우리는 언제나 최선의 선택을 하고 싶다고 생각하고, 또 그러기 위해 노력했지만, 그림자처럼 뒤를 따르는 후회들을 돌아보면 꼭 그렇지만은 않은 것 같다. 그럴 때, 바로 그런 생각이 들 때면 후회되는 그 순간으로 돌아갈 수만 있다면 모든 것이 달라졌을까, 하는 의미 없는 질문이 떠오른다.

그때로, 바로 그 순간으로만 돌아갈 수 있다면, 그 학교에 가지 않았을 텐데, 그 사람의 손을 잡지 않았을 텐데, 시작한 공부를 그만두지 않았을 텐데, 힘들어도 포기하지 않고 그 회사에서 견뎠을 텐데, 겁이 나서 시도조차 못 해봤던 그 일을 한 번쯤은 꼭 해봤을 텐데. 꼬리에 꼬리를 무는 생각들 아래로 자리한 그림자가 점점 더 키를 늘려만 간다.

드라마나 웹툰 안에서 주인공은 현실에 지쳐서 모든 것을 포기하고 싶어질 때, 기적처럼 인생을 뒤집을 수 있는 바로 그 결정적 시점으로 돌아간다. 그리고 원래의 삶과는 전혀 다른 새로운 삶을 위해 다른 선택을 하고 원래의 삶을 하나씩 지워 가며 새로운 삶을 만들어 가는 모습을 보여 준다. 말 그대로 두 번째 생이니 얼마나 신이 날까. 이미 해본 선택들, 뻔히 보이는 결과들 앞에서 주인공은 감정에 휩쓸리거나 실수하는 일 없이 현명한 선택을 이어 가고 모든 상황은 막힘없이 흘러간다. 예상치 못한 삶의 롤러코스터에 앉아 휘둘렸던 첫 번째 삶과는 다르게 성능 좋은 내비게이션이 달린 안전한 차를 능숙하게 운전하는 드라이버 같은 모습으로.

내 마음속에 담아 둔 가장 깊은 후회의 순간으로 돌아갈 수 있다면 나는 어떻게 할까. 이제는 그때처럼 실수하지 않을 수 있을 텐데, 더 잘할 수 있을 텐데, 그때 그 순간만 아니라면 나는 지금 더 나은 내가 되어 있을 텐데. 생각이 깊어지면 잘 지내던 마음이 흔들리기 시작한다. 돌아갈 수 없는 순간으로 돌아가기를 바라는 순간, 바꿀 수 없는 것을 바꾸고 싶다는 생각에 사로잡히는 순간, 지금 현실의 나와 진짜 내 삶이 반짝이던 빛을 잃고 색이 바래고 마는 것은 순식간이다.

후회한다는 것은 자신을 돌아볼 수 있다는 것, 더 잘하고 싶었다는 것, 그래서 나도 내 삶도, 그리고 내 주변의 모든 이들까지도 더 행복하게 해주고 싶었다는 것, 그런 마음 아닐까. 사람을 사람답게 만들어 주는 감정들 중 하나, 더 좋은 사람이 되고 싶었는데 그러지 못한 것 같아서 속이 상하고 더 잘해 주고 싶었는데 그럴 수 없었다는 게 괴로운 마음.

승승장구하던 드라마와 웹툰 속 주인공은 두 번째 삶의 결정적 순간에 다시 한 번 선택의 기로에 서게 된다. 첫 번째 삶으로 돌아갈 수 있는 마지막 기회 앞에서 주인공은 예상대로 원래의 삶으로 돌아가고 하나도 변한 것 없는 현실을 다시 살아간다. 더 나아진 것도 나빠진 것도 없는 현실 속에서 그 삶을 살아가는 주인공만 달라졌고, 그로 인해 원래의 현실도 조금씩 바뀌기 시작할 것을 암시하며 드라마는 막을 내린다. 드라마니까 해피엔딩을 약속하는 거라는 생각에 기분이 씁쓸하지만 어쩐지 나도 지금의 현실과 자신을 지워 버리는 게 쉽지만은 않을 거란 생각이 든다. 절반쯤은 후회로 범벅이 되어 있는 삶이지만 그만큼 내가 잘하고 싶었다는 거니까, 열심히 살았다는 흔적이니까, 내가 만들어 온 지금의 나를 사실은 아주 많이 사랑하고 있으니까.

늦은 밤, 괜히 지치는 그런 날, 그때로 돌아갈 수만 있다면, 하는 생각에 과거를 되짚어 보며 마음 다치는 날들을 더 이상 만들지 않는다. 아무리 간절해도 삶이란 뒷걸음이 없다는 걸 알고 있으니까, 잠깐 뒤를 돌아보고 다시 앞을 향해 걷는다. 가끔 발걸음이 떨어지지 않는 날은 가만히 서서 쉬더라도, 지나온 길이 틀렸다며 자책하고 싶지는 않으니까. 실수도 후회도 누구에게나 주어지는 공평한 삶의 재료니까, 적당히 담아 제자리에 두고 다시 길을 떠난다. 지금 당장 이렇게 하지 않는다면 십 년, 이십 년쯤 후에 반드시 지금을 돌아보며 그때 이렇게 했더라면, 하고 또다시 후회할 테니까.

여전히
초록을
좋아합니다

이삿짐을 정리하다가 오래된 스케치북을 만났다. 색이
바랜 종이상자 안에 차곡차곡 쌓여 있는 노트, 상장, 스케
치북들. 손에 잡히는 대로 넘겨 보니 기억도 나지 않는 과
거의 내가 그려 놓은 그림들이 고스란히 담겨 있다. 그림의
뒷장에 쓰여 있는 날짜로 그것이 열여섯의 어느 날 그린
것임을 안다.

그때의 나도 초록색을 좋아했구나. 초록과 파랑으로 뒤
덮인 침대 위에 앉아서 스케치북에서 찢어 낸 한 장의 그
림을 바라본다. 여러 톤의 초록들로 그려진 그림은 열여섯
으로부터 아주 많이 멀어진 오늘의 내 마음에도 꼭 맞아떨
어진다.

취향이란 것, 이렇게나 천천히 시간이 쌓이며 형성되는

것일까, 아니면 날 때부터 어디엔가 가지고 태어나는 것일까. 열여섯에서 서른이 훌쩍 넘은 지금까지, 아주 많은 것이 달라졌다고 생각했는데 이렇게 여전한 것이 있다니, 사람은 잘 변하지 않는다는 말이 불쑥 떠오른다. 할 수만 있다면 과거의 나에게 슬쩍 귀띔해 주고 싶다. 한참 뒤, 지금은 너무 멀게만 느껴지는 그 나이가 되어서도 너는 여전히 초록을 좋아하고 있다고. 그림을 그리고 일기를 쓴다고.

찢어 낸 스케치북 한 장을 아틀리에 벽 한쪽에 붙여 둔다. 그리고 그림을 바라보며 아주 오래전의 나를 떠올려 본다. 십대 시절의 나는 커다란 필통을 색색 가지 하이테크펜으로 채우고 다니는 여학생은 아니어서 모나미 볼펜과 샤프, 검정과 빨강 사인펜이 담긴 단출한 필통을 가지고 다녔다. 친구들이 펜 좀 빌려줘, 라며 열었다가 에이 예쁜 거 없네, 라며 실망하는 심심한 필통이었지만, 꼭 초록 혹은 파랑계열의 색연필 한두 개가 들어 있었다. 한쪽으로 깎은 것과 두 가지 색이 맞닿아 있는 양쪽으로 깎은 것.

색연필은 다른 펜들과는 다르게 특별한 역할을 수행하기 위한 것이었다. 책의 중요한 부분에 밑줄을 긋거나 노트의 한쪽에 그림 혹은 그래프 같은 것을 그리거나, 무엇보다 친구들과 쪽지를 주고받을 때 유용하게 쓰였다. 동글동

글 부드럽게 그어지는 색연필로 이따가 떡볶이 먹으러 가자든가, 아까 음악 시간에 누구랑 눈이 마주쳤다든가 하는, 하나도 중요하지 않지만, 그때는 세계의 전부였던 이야기를 속닥거렸다. 검정 사인펜이나 샤프로 적어서는 안 되는 몽글몽글한 글자들에게 색연필만큼 잘 어울리는 것은 없었으니까.

사람이 잘 변하지 않는다는 증거를 모으며 살아가는 기분이 들 때가 있다. 어릴 적부터 좋아해 온 초록과 파랑, 크레파스도 색연필도 꼭 먼저 키가 작아지던 두 가지 색. 필기할 일이 없는 지금은 책을 읽을 때, 밑줄을 긋는 용도로 쓰기 위해 가지고 다니는 초록, 혹은 파랑 색연필. 필통이 사라진 지 오래라 가방 밑바닥에 굴러다니는 그것들을 손에 쥘 때마다, 지나온 과거의 내 모습들이 겹쳐진다.

우연히 아버지의 책상 위에서 발견한 코끼리 그림이 그려진 두꺼운 색연필로 읽고 있던 책에 밑줄을 긋는다. 중학생인 내가 적어 둔 이름이 끝부분에 남아 있는 도톰한 색연필. 잊어버렸던 것을 만나니 어찌나 반가운지, 읽고 있던 책에 오늘은 연두색 줄을 그어 본다. 부드럽고 동글동글하게 그어지는 잔디색 선들, 나는 아주 오래전부터 그어 오던 선을 계속해서 이어 간다.

여전히 초록을 좋아합니다

차라리
복근을 만드는 게
쉽지 않을까

- 산타할아버지에게 크리스마스 선물을 받을 수 있다면 뭐가 갖고 싶어?
- 난 '마음의 평화'.
- 나도. 옷이나 가방은 사면 되는데 마음의 평화는 복근만큼이나 가지기가 어려워. 어디서 팔면 당장이라도 사러 갈 텐데.

우스갯소리로 친구와 나눈 대화지만, 꼭 솔직한 마음이기도 하다. 이십대에는 서른다섯쯤 되면 성숙한 어른이 되어 있을 거라고 기대했는데. 일도, 삶도 모두 안정적으로 자리를 잡고, 더 이상 흔들거리거나 방황하지 않을 거라고, 담담한 마음으로 어느 정도 단단하게 다져 놓은 삶 위에

의연하게 서 있을 거라고 생각했는데, 예상은 보기 좋게 빗나갔다.

분명 내 마음인데 내 마음대로 안 되는 건 왜일까. 잘 살고 있다며, 씩씩하게 걷다가도 불쑥 마음이 흐트러지면 스스로가 아직도 어린애처럼 느껴진다. 이십대보다 삶의 경험도, 나에 대한 공부도 분명 많이 했지만, 삼십대가 되고 보니 새로운 고민과 한층 무게를 더한 삶의 문제들이 등장한다.

오래전 파울로 코엘료의 『흐르는 강물처럼』이라는 책을 좋아했었다. 시원한 푸른색 표지에 적혀 있던 제목이 참 와닿았던, 그 말이 주는 울림이 좋아서 한동안 곁에 두고 자주 펼쳐 봤었다.

흐르는 강물처럼, 잔잔한 수면과 같은 고요한 마음. 그것은 내가 오랫동안 동경해 온 것들 중 하나다. 어떤 것에도 크게 놀라거나 흐트러지지 않았으면, 스스로 허락하지 않은 외부의 요인이 마음을 할퀼 수 없었으면.

강물이란 수면에 자갈을 던져 파동을 만들어도 잠시 후면 스르륵 흡수되어 버리고 금세 아무 일도 없었던 것처럼 원래의 담담한 모습으로 돌아온다. 화가 난다고 흐르던 방향을 바꾸지 않고, 상처받았다고 흐름을 멈춘 채 고여 있지

차라리 복근을 만드는 게 쉽지 않을까

않고, 성급하게 끓어오르거나 메마르지 않는, 성실하고 무던하게 제 갈 길을 가는 그 모습이 닮고 싶었다.

삼십대라고 크게 다르진 않지만, 이십대에는 더욱 이랬다저랬다 하는 마음을 어찌해야 좋을지 알 수 없었다. 당장 안정감과 확실함도 갖고 싶지만 새롭거나 위험한 것에도 끌렸으니까. 도전하고 싶은 마음과 실패할까 봐 두려운 마음 사이에서 결국 겁이 많은 나는, 다들 좋다고 하는 것, 해야 한다고 하는 걸 적당히 따라 하는 길을 선택했었다.

그러나 주변에서 잘하고 있다고 칭찬해 주고 인정받으면서도 어쩐지 깊은 곳에 자리한 불안이 사라지지 않았다. 대학만 가면 다 정해질 줄 알았는데, 잘릴 일 없는 좋은 회사에만 들어가면 이런 고민은 끝날 줄 알았는데. 어떻게 살아야 '잘' 사는 걸까, 라는 질문과 이렇게 사는 게 맞는 걸까, 내가 원하는 삶이 이런 것이었나, 꼬리에 꼬리를 무는 질문들과 짝을 이룬 불안은 그림자처럼 내 뒤를 조용히 따라다녔다.

삶을 살아 내는 일이 처음이라서 '잘 사는 것'이 모두 같을 수 없음을, 내가 진짜 원하는 삶의 형태는 스스로 찾아야 하는 것임을 배운 적이 없어서, 매일 아침 새날을 시작할 때마다 서툴렀다. 서툴 수밖에 없다는 것을 몰라서 초조

했고 남들은 능숙하게 살아 내는 삶이 홀로 버겁게 느껴지는 것 같아서 불안했다.

그렇게 이십대 내내 한참을 고민하고 시행착오를 거치고 나서야, 다들 좋다는 것과 남들 대부분 하는 것을 따라 하기를 멈추기로 결정할 수 있었다. 그렇게 살아 봐도 영답을 찾을 수 없었기 때문에, 그제야 다르게 살아 보기로 마음먹었던 내 삶의 결정적 순간. 좋아 보이는 것이나 좋다고 하는 것이 아니라 어차피 한 번뿐인 내 삶, 누구도 대신 만들어 줄 수 없는 이 삶을 내가 좋아하는 것으로 가득 채워 보자고.

선택 이후의 삶은 그전에 비해 훨씬 행복하고 고단했다. 모범생처럼 레일 위를 벗어난 적 없던 삶의 안락함은 사라지고 길이 없는 곳에 길을 만들며 걸어가는 날들.

어디로 흐르는지 알 수 없어서 불안하던 아침은 스스로 정한 목적지를 향해 움직이는 하루가 되었고, 잘 사는 것인지 확인받고 싶었던 하루는 무언가를 증명하지 않아도 즐거웠다. 이렇게 살아도 괜찮은 걸까 불안한 마음은 이렇게 살겠다고 스스로 선택한 순간 힘을 잃었다. 삶이라는 것이

차라리 복근을 만드는 게 쉽지 않을까

살아가고 있다는 사실만으로 뭉클해지는 순간들이 있다는 것을 알았다.

삶은 원래 그런 것, 누구나 이번 생이 처음이라서, 안정감과 확신은 불안과 흔들림과 동량으로 주어진다는 것을. 나만 그런 것이 아니라 많은 사람들이 매일 아침 자신의 자리가 내 것이 맞는지 의심스러워하며 집을 나선다는 것, 그리고 그 의심은 오로지 자신만이 사라지게 할 수 있다는 것도 그제서야 알게 되었다.

물론 여전히 나는 동경한다. 흐르는 강물처럼 고요한 마음을, 폭풍우와 비바람이 지나간 뒤 맑게 갠 하늘 아래 펼쳐진 깨끗한 숲과 같은 내면을.

아직도 휘몰아치는 파도가 나를 뒤덮는 밤이 있으니까. 무엇 하나 확실한 것이 없는 아침을 견디는 날들이 있으니까. 이제는 그 모든 순간조차 삶의 자연스러운 성질이라는 것을 머리로는 이해하고 마음으로 인정하면서도, 사람이라서 비워 낼 수 없는 감정들을 마주하는 일은 쉽지 않다.

하지만 전과 다른 것이 있다면, 내 두 손으로 확실한 목적지를 그려 넣은 지도가 손안에 있다는 것. 스스로 만든 지도 안에서는 길을 잃어버릴 염려가 없다는 것. 불안마저 가끔은 길을 걷는 동력으로 사용할 수 있는 재치가 생겼다는 것이다.

결국 삶은 모든 것을 스스로 감당하겠다고 마음먹는 순간부터 내게 친근하게 다가왔다. 나는 너를 시험하지 않는다고, 네가 살아 내는 모든 순간을 선물처럼 건네고 싶었다고.

넘어지고 미끄러지면서도, 툭 털고 다시 일어나면, 음, 이 정도면 잘 살고 있어, 라는 묘한 즐거움이 있는 그런 날들. 이십대에 기대하던 것과는 전혀 다르지만 어쩐지 행복한 순간들이 가득한 삼십대가 이렇게 흐르고 있다. 흐르는 강물처럼, 일렁이는 파도처럼, 쏟아지는 폭우처럼, 햇빛이 반사되는 반짝이는 호수처럼.

행복을
미루지
말아야지

우리 집은 늘 아파트였지만 나는 언젠가부터 정원이 갖고 싶었다.

아침이면 부스스한 머리카락과 밤새 이불 속에서 구겨진 잠옷 차림으로 따뜻한 물 한 잔을 손에 든 채로 작은 정원을 거닐며 잠을 깨고 싶다. 해가 쨍하게 떠오르기 전 이른 새벽, 서늘하게 느껴지는 공기 속에 서서 슬리퍼 바깥으로 빼꼼히 삐져나온 발가락을 꼼지락거리며 작은 정원 구석구석을 거니는 내 모습을 상상해 본다.

드넓은 잔디밭이나 완벽히 다듬어진 조경은 상상 속의 정원과 거리가 멀다. 한 바퀴 전부 둘러보는 데 그리 오래 걸리지 않는, 아담한 나의 정원에는 사계절의 시계가 되어줄 과실수 한 그루와 많이 다듬지 않아 무심하게 흐드러진 꽃 몇 가지, 그리고 한쪽 구석에는 풍성하게 심어진 상추와 방울토마토가 몇 대 열려 있는 모습이다.

　도둑이라도 들까 봐 밤새 몽우리를 잠그고 잠들었던 꽃들이 해가 뜨면 얼굴을 활짝 열고 수줍은 속내를 드러낸다. 나는 가만히 서서 그 장면을 지켜보다가 손에 쥔 머그잔을 잠시 돌바닥 위에 내려놓고 핸드폰을 주섬주섬 꺼내어 사진을 찍는다. 이따가 인스타그램에 #나의정원 이라는 해시태그와 함께 올려야겠다는 생각으로. 이렇게 고운 것은 다 같이 봐야 하니까, 자랑하고 싶은 마음에.

　핸드폰은 다시 잠옷 주머니에 밀어 넣고 느릿느릿 한쪽 구석으로 걸어간다. 한 평쯤 되는 작은 텃밭 앞에 쭈그리고 앉아서 상추 잎사귀는 얼마나 풍성해졌는지 이리저리 쓸어 보고 나무 대를 타고 오르며 자라는 방울토마토를 유심히 살펴본다. 열매를 손가락질하거나 자꾸 만지면 다 자라기 전에 똑 떨어진다는 말을 들은 이후로는 절대 토마토에게 손대지 않는다. 상추를 솎아 주는 척하며 토마토 열매가 눈치채지 못하게 슬쩍 곁눈질로 얼마나 살집이 올랐는지 체크한다. 오래지 않아 몇 알 따서 샐러드에 넣어 먹을 수 있지 않을까, 속으로만 웃는다.

　따뜻했던 머그잔이 어느새 식어 미지근해진 물을 단숨

에 마시고 기지개를 켠다. 이제야 잠이 깨고 하루를 시작하는 것이 실감이 난다. 아주 작은 나의 정원에, 아침 해가 가득 비추면 웃자란 잔디와 흐트러진 흙밭도 사랑스럽기만 하다. 가끔은 맨발로 걸어 볼까, 하는 생각을 하며 한 바퀴 쓱 돌아보고 집으로 들어간다.

무화과나무, 상추와 방울토마토, 튤립, 그리고 매번 이름이 헷갈리는 보라색 꽃, 두 눈을 뜨면 나의 작은 정원은 어디론가 사라진 후다. 언젠가 꼭 갖고 싶은 그 장면들은 아직 내 머릿속에만 존재한다.

언제쯤이면 그 정원을 거닐 수 있을까? 기약 없는 꿈이지만, 마음만은 이미 훌륭한 정원사가 될 준비를 마쳤다. 카렐 차페크의 『정원가의 열두 달』을 교재처럼 여러 번 읽고, 이런저런 식물과 정원에 관한 책을 뒤적이다가 그만 화분을 몇 개 주문한다.

아파트에서 할 수 있는 식물 생활이야 화분을 가꾸는 것이 고작이지만, 이 작은 화분 몇 개만으로도 기분이 들뜬다. 머릿속의 정원을 만나기까지 시간이 좀 걸릴 테니, 그때까지는 연습하는 셈 치고 화분들을 키워 보는 것도 괜찮겠지.

넓은 창틀에 올망졸망 귀여운 크기의 화분들을 올려놓

왔다. 아기자기한 잎사귀가 보글거리는 아이비, 특이한 모양에 이끌려 산 생선뼈 선인장, 사랑이 가득 담긴 하트 호야, 동그란 잎사귀에 자꾸 손을 가져다 대고 싶은 페페가 나란히 앉아서 햇빛이 닿을 때마다 반짝거린다.

아침이면 창문을 열고 화분들을 살핀다. 부스스한 머리카락을 손으로 쓸어내리며 구겨진 잠옷을 입은 채로 물 한 잔을 천천히 마시며 잎사귀를 하나씩 만져 본다. 밤새 새로 돋아난 아기 잎사귀들은 아직 옅은 연두색이라 더욱 사랑스럽다. 해와 물로 충분히 채워진 잎사귀들은 통통하게 물이 오르고 반지르르 윤이나 살아 있음이 생생히 느껴진다. 그렇게 방 안에 자그마한 정원을 가꾸기 시작하자 생각보다 훨씬 행복해졌다. 머릿속의 정원을 만나기 전까지 이 행복을 미루는 실수를 하지 않아서 다행이다.

사람을 안는 것을 좋아하는 만큼이나, 나는 나무를 안아주는 것도 좋아하지만, 화분에 심어진 나의 작은 정원 식구들은 안아 줄 방법이 없다. 대신 소심하지만 확실한 애정의 표현으로 자주 잎사귀를 손에 쥐고 악수를 나눈다. 엄지와 검지로 수줍게 내민 잎사귀를 살짝 쥐면 차가운 감촉에 편안해지는 마음, 식물들의 담담하고 차분한 호흡이 느껴진다.

식물과 맞닿는 순간, 사람에게 체온이 있듯 그들에게도 비슷한 것이 느껴진다. 물론 나와는 다른 온도지만, 살아 있는 존재와 또 다른 존재가 슬며시 닿으면 느껴지는 담담한 위로를, 식물들은 언제나 훌륭하게 해낸다.

어쩔 수 없지, 라고
말하는 것도
용기

살다 보면 깨닫게 되는 것 중 하나는 세상일이 생각보다 훨씬 더 내 마음대로 되지 않는다는 것이다. 예상대로, 혹은 계획한 대로 흘러가는 일은 점점 더 만나기 어려워진다. 예기치 못한 사건과 사람, 상황은 갈수록 자주 앞을 가로막고 인내심을 시험한다. 덕분에 능숙해진 것 하나라면 마음에 들지 않는 어느 순간이든, 한숨 한 번 내쉰 뒤 '어쩔 수 없지'라고 마음먹는 태도랄까.

미세먼지가 나쁨 경고를 울리는 목요일, 눈이 따갑고 목이 칼칼한 출근길에 엎친 데 덮친 격으로 마음에 안 드는 일들이 연달아 일어난다. 나는 당황하지 않고 '어쩔 수 없지'라고 말하며 한숨을 크게 한 번 내쉰다. 핸드폰에 미세먼지 경고가 아무리 울려 대도 마스크를 챙겨 쓰고 집을 나서듯이, 내 맘처럼 흐르지 않는다고 삶을 그만둘 수도 없는 일이니까. 한숨을 쉬든 허허 웃어넘기든, 그냥 흘려보내야 한다. 그렇게라도 하지 않으면 앞으로 나아갈 수 없다.

"잘 해결되겠죠." 이런 말을 반신반의하면서도 자꾸만 한다. 주문이라도 걸듯 나에게, 또 상대방에게 이야기한다. 이미 일어난 일이라면 어쩔 수 없지, 그러나 잘 해결할 수 있을 거야. 당장은 믿기지 않아도 믿어야 한다. 그렇게 믿어야, 결과는 한 번 더 예상과 다를지언정 이 순간을 지나서 또 다른 문을 열 수 있다. 계속 살아가는 데는 품이 많이 든다.

누구나 마음속 가장 깊은 곳에 슬픔 주머니를 가지고 있다. 그것은 크기도 색깔도 제각각이지만 없는 사람은 존재하지 않는다. 살아가는 일에 익숙해져 갈수록, 나이를 더해 가며 비어 있던 슬픔 주머니가 조금씩 채워진다. 한쪽에 추억이 쌓이듯 슬픔도 부피를 더해 간다. 슬픔 주머니의 입구가 잘 여며진 평소에는 존재조차 희미해서 잊고 지내기 쉽지만, 살다 보면 잘 여며 둔 주머니의 끈이 나도 모르는 새에 스르륵 풀려 버리는 일이 종종 생긴다. 그럴 때면 우리는 속수무책으로 당하는 수밖에 없다. 누구도 그 순간을 예상하거나 미리 대비할 수 없으니까.

어쩔 수 없지, 라고 말하는 것도 용기

열린 입구가 툭 바닥을 향하는 순간, 쏟아지며 흐르는 슬픔을 멍하니 바라본다. 짙은 풀색을 띠는 나의 슬픔이 손끝과 옷깃을 적시는 장면을 바라보며, 온몸에 스며드는 축축한 슬픔을 느낀다.

예상치 못한 어떤 일, 사건, 사람, 사소한 것이거나 삶을 뒤흔들 만큼 무거운 것, 그게 무엇이든지 슬픔의 색이 온몸을 적실 때도 '아아 어쩔 수 없지', 라는 말을 주문처럼 되뇐다. 그리고 스스로를 위로하기 위한 처방전을 끄집어낸다. 따뜻한 햇빛이 잘 드는 길을 산책하고, 좋아하는 카페의 진한 라테를 마시고, 갓 구운 빵 냄새로 가득한 단골 빵집에서 따끈한 바게트를 산다. 오래된 친구와 만나서 하루를 보낸 이야기를 주고받고, 욕조에 따뜻한 물을 받아 몸을 담근다. 잘 해결될 거야, 이것도 다 지나갈 거야, 그렇게 믿기 위해서.

햇빛은 언제 어디서든 공평하게 따뜻하다. 빛이 닿는 순간 무엇이라도 반짝이는 아름다움과 따스한 온기마저 더해진다. 물건, 공간, 식물, 사람까지도. 그것은 피부에 와 닿는 확실한 위로라서 가끔은 진심이 없는 미소나 말보다도 가라앉은 마음을 달래 준다. 햇빛이 가득 드는 길을 천천히 걷는다. 두 다리를 움직일수록 마음이 가벼워지고 몸이 데워진다.

　평소라면 달콤한 커피에 손이 가지 않지만, 마음이 소란스러운 날에는 라테에 설탕을 가득 넣어 마신다. 우유 거품이 부드럽게 덮인 잔의 한가운데에 하얀 설탕을 소복이 부으면, 아주 천천히 설탕의 무게만큼의 속도로 거품 속으로 잠겨 든다. 조금씩 모습이 사라진 설탕은 결국 커피의 가장 깊은 곳으로 가라앉는다. 나는 그것을 젓지 않고 마신다. 그러면 자연스럽게 그라데이션된 커피가 마시면 마실수록 달콤해진다. 마지막 한 모금은 혀가 얼얼할 만큼 달짝지근한데 그 달콤한 순간을 기대하며 천천히 잔을 비운다. 아주 소소한 설렘은 슬픔으로 축 처진 마음에 특효약이다.

　언제나 고소한 냄새로 가득한 빵집은 사랑스러운 장소다. 불행한 얼굴로 빵을 고르는 사람은 만난 적이 없을 만큼. 어쩐지 외롭다는 생각이 들 때, 좋아하는 동네 빵집에 가서 갓 구워져 나온 바게트를 산다. 노릇하게 구워진 기다란 바게트를 빵칼로 능숙하게 써는 직원의 뒷모습, 언제나 어슷썰기로 잘린 바게트는 두 줄로 가지런히 비닐에 담겨 내게 건네진다. 따뜻한 빵이 담긴 종이봉투를 안는 순간 코끝을 스치는 고소한 냄새와 부드러운 온기가 스며든다. 덕분에 외로웠던 기분이 조금씩 괜찮아진다. 가끔은 빵도 사람에게 위로를 건넬 수 있다.

　서른 해를 넘겨서야 사는 것에도 요령이 생기는 걸까, 내가 나로 사는 것이 버겁게 느껴지는 어떤 날에는 이렇게 스스로 찾아내고 만들어 온 어떤 행위들을 하나씩 처방한다. 그때그때 자신의 마음을 진단하고, 효과가 확실한 것들로. 내성이 생기지 않기를 바라면서, 신약개발도 부지런히 하면서. 그렇게 기운을 차린 다음에는 우르르 쏟아 버린 덕분에 조금 가벼워진 슬픔 주머니의 입구를 단단히 여민다. 어차피 언젠가는 다시 풀릴 게 뻔하지만, 그래도 어제보다는 오늘, 덜 겁이 난다.

잘 살고 싶다는 욕망과 이제 그만 이 피곤한 짓을 그만두고 싶은 욕망, 그럼에도 불구하고 아직도 하고 싶은 것이 너무 많아서, 하고 싶은 말이 남아 있어서 아등바등 버티고 있는 모양새로, 나는 체력을 키우겠다며 산을 오른다.

체력을 키우고 다져서 생의 권태에 잠식되지 않고 끝없이 발버둥 치며 고개를 수면 위로 내놓고 버려야 하니까. 그리고 웬만하면 그 고군분투를 빠짐없이 적어 놓고 싶다. 어쩌면 누군가에게는 도움이 될지도 모른다는 기대를 가지고. 내게 과거의 누군가 적어 놓은 글이 그랬던 것처럼.

어쩔 수 없지, 라고 말하는 것도 용기

봄,
이라는
이상한 단어

봄이 되면 무엇이 좋을까? 누가 묻지도 않은 질문의 답을 생각해 본다. 태어날 때부터 콕 붙이고 살아온 이름 때문에 매년 누구보다 봄을 기다린 것 같다. 봄처럼, 봄의 기운으로 그런 분위기와 온도로.

봄이란 것이 불리는 모양새처럼 부드럽기만 한 것은 아니어서 때로는 덜 데워진 찬바람도 불고, 다 녹기 전의 단단한 땅에 발을 딛으며 당황하기도 한다. 그래도 그 틈새로 겨우내 긴 잠을 잔 것들이 기다렸다는 듯 하나둘 기지개를 켠다. 여기저기 연둣빛 새싹이 돋아나고, 마른 가지 위에는 통통한 꽃눈이 빼꼼히 고개를 내민다. 하늘의 푸른빛이 서늘함이 아닌 포근함으로 다가오고 마음은 제자리를 지키지 못하고 서성거린다. 어쩐지 기대하게 되고, 궁금해지고,

기다려지는 봄.

그런 봄은 하나의 계절이면서 신호처럼 보인다. 새롭게, 다시, 시작해도 괜찮다는 파란색 신호. 다들 그 관대함을 기다리는 걸까, 다시 시작해도 괜찮다는 봄의 허락을.

매일 출퇴근길에 지나는 연트럴 파크를 두리번거린다. 오래된 이층집 담벼락에 늘어뜨려진 샛노란 개나리가 붉은 벽돌담을 화사하게 뒤덮었다. 저 앞의 신호등 곁에 선 커다란 목련의 가지에는, 솜털이 보송보송한 꽃 몽우리들이 한가득 달려 있다. 탐스러운 열매들처럼, 당장이라도 탁 터져 버릴 것 같은 생기를 가득 품은 채.

한참을 여기저기 시선을 빼앗기며 걸어가다가 또 다른 목련 나무 아래 우두커니 선 할아버지에게 시선이 멈춘다. 일시정지 버튼이라도 누른 것처럼 움직임도 없이 가만히 서서 풍성히 매단 꽃을 올려다보는 할아버지의 모습.

문득 마음이 일렁인다. 지금 내가 느끼는 것처럼, 할아버지도 봄을 느끼고 있을까. 서른몇 번째의 찬란한 봄이 이토록 내게 간절한 만큼, 나보다 곱절은 봄을 만났을 할아버지에게도 그런 것일까. 살아갈 날을 헤아리는 나와는 다르게 남아 있는 날 수를 꼽아 보게 되는 그 나이가 되어도, 그때의 봄도 한없이 따스하고 찬란할 수 있을까.

할아버지는 내가 곁을 지나간 뒤에도 가만히 그 자리에 서 있다. 한 번 더 뒤돌아보기에는 나의 봄이 아직 너무나 밝고 따스해서 용기가 나지 않는다. 살아간다는 것과 죽어 간다는 것은 실은 같은 말인데, 영원히 젊을 것처럼 살다가 문득 잊었던 것을 떠올리는 순간이 아직도 낯설다.

그러니 '봄날'의 짝을 맞춘다면 '찰나' 아닐까. 곧 떠나 갈 것이 분명해서 더욱 마음이 쓰이는, 실은 태어나는 순간 부터 끝을 향해 걸어가는 삶이라는 것이 그런 것처럼, 이번 봄도 딱 한 번만 주어지는 것이니까.

목련 나무의 꽃 몽우리들은 언제쯤 활짝 열릴까, 깜빡하 고 마음을 놓는 순간 순식간에 흐드러지게 피어서는 어느 출근길의 나를 화들짝 놀라게 할까. 왔다가 금방 가버리는 봄이 아쉬워서 마음을 졸이는 것, 삶과 젊음이 찰나의 반짝 임처럼 흘러가 버릴까 봐 애타는 것도 늘 내 몫이다. 봄은 제 맘대로 왔다가 머뭇거림이나 망설임 없이 제멋대로 떠 나 버리니까. 자연은 늘 옳아서 시간의 흐름을 거스르지 않 는다. 다행이라면 오겠다는 약속을 어길 리 없다는 것. 냉 정하게 가버려도 꼭 와야 하는 때가 오면 눈치채기도 전에 곁에 바짝 다가와 있으니까.

여린 꽃잎보다도 부드러운 봄바람에 하염없이 흔들리

고, 소곤소곤 내리는 봄비에 온몸을 적시는 것도, 가지고 있을 때는 그 찬란함을 모르고 잃어버린 뒤에 아쉬워하는, 연약하고 어리석은 것은 사람, 봄은 그런 우리에게 몇 번이나 괜찮다고 이야기 해줄까.

어째서 시간은 한 치의 오차도 없이 흐를까, 봐주는 것
없이, 공평하게 혹은 잔인하게, 무섭게. 매일 들여다보는
핸드폰 속의 날짜는 멈추지도 고장 나지도 않고 차곡차
곡 쌓인다. 아니, 비워진다. 나이를 먹는다는 것이 무언
가를 쌓아 가는 것이라고 여겼는데, 어쩌면 그 반대로 불
필요한 것들을 비워 가는 것인지도 모르겠다.

살아가는 것은 견디는 것, 버티는 것, 이라는 걸 이제는 안다. 어느 날은 수월하고 날로 먹은 듯이 쉽게, 어느 날은 고되고 억세게, 그렇게 하루하루가 살아진다. 그 모든 순간마다 가슴이 일렁인다. 진짜 사는 것처럼 살고 있기 때문이다.

봄, 이라는 이상한 단어

서른 이후
마흔,
불혹

서른이 넘은 후로는 그전과 다르게 숫자가 주는 무게감이 나를 어른이라고 느끼게 한다. 그러나 마음은 그 수만큼 자라지 못했는지 숫자와 마음 사이의 간극, 그 빈틈 안에 종종 불안이 자리한다.

이쯤 되면 내가 선택한 이 길을 확신에 차서 거침없이 나아가야 할 것 같은데, 나를 태운 작은 배는 여전히 삶이라는 바다 위에서 흔들거리고 있다. 어떻게 살아야 하는지, 어떻게 사는 게 '잘' 사는 것인지 배운 적도 없으니 더욱 답답한 마음, 목적지를 표시한 지도 한 장만 손에 꼭 쥔 채 항해 중인 배 위에 홀로 남겨진 선장처럼 막막하다.

자정을 지나 새벽이 깊어 가도록 잠들지 못하는 밤, 한없이 포근한 침대 속에서 몸을 뒤척이며 두려움의 원인을 찾으려 애써 본다.

시간이 흐르는 것, 나이를 먹어 가는 것이 왜 두려운 걸까. 한 사람의 생을 계절에 비유한다면 이제 막 초여름, 아직 뜨겁게 타오르는 한여름이 되기까지도, 무르익는 가을과 천천히 잠드는 겨울이 다가오려면 한참 멀었음에도.

이십대에는 이런 고민을 할 틈도 없이 넘치는 생기로 삶을 만들고 부수고 다시 만들면서도 두려움보다는 설렘이 더 컸다. 언제든 다시 할 수 있다는 에너지와 몇 번이고 다시 해도 되는 기회가 남아 있다는 여유로움이 있었으니까. 지나고 보니 그것이 이십대가 가진 가장 큰 선물이자 재능이었음을, 얼떨결에 서른의 문턱을 넘어 버린 뒤 훌쩍 몇 년이 지난 지금에서야 깨닫는다.

이젠 시간이 많이 남지 않은 것 같고 실패는 더 이상 용납되지 않을 것 같아서, 모든 것이 갑작스럽게 달라 보이는 것이 불안하다. 누군가는 아직 한참 젊은데 무슨 소리냐 웃어넘길 수도 있다. 나도 머리로는 아직 서른다섯이라는 숫자가 그리 무겁지 않음을 알고 있지만, 새로운 도전과 변화를 꾀할 수 있는 가능성이 고운 모래처럼 손가락 사이를 빠져나가는 것 같은 기분도 꼭 틀린 것만은 아니다.

서른다섯이 된 후로 주변의 40대 지인들에게 '마흔'은

'불혹'인지 물어보곤 했다. 서른다섯의 불안이 마흔쯤 되면 정리되는지 알고 싶어서, 미적지근한 청춘처럼 느껴지는 이 시기를 지나고 나면 조금이라도 어른에 가까워질 수 있다는 희망을 가지고 싶어서. 그러나 불행인지 다행인지, 내 질문에 단 한 명도 그렇다는 대답을 하지 않았다. 그런 질문을 하는 나를 어딘가 착잡한 표정으로 바라보며 호탕하게 웃을 뿐, 사십대가 되어도 삼십대와 별로 달라지는 것은 없다고 대답하는 게 대부분이었다.

매일 새로운 사람, 사건, 사고, 그런 것들에 넘치는 에너지로 부딪히며 살던 이십대는 나이를 따져 볼 겨를도 없었다. 어른이 된 것 같은데, 어른이 되어야만 하는 것 같은데, 마음은 나이 먹는 속도를 쫓아오지 못하는 것 같아서 초조하고 불안한 삼십대는 이제 공자가 불혹이라 말했던 사십대를 기대 반 걱정 반인 마음으로 바라본다.

마흔, 불혹, 그 단어가 현대의 생애주기와는 어울리지 않는다고 하지만, 나이는 숫자에 불과하다고도 하지만, 나는 어쩐지 그 말이 좋다. 마흔이 되면, 서른다섯보다는 군더더기 없는 마음으로, 이 빠르고 거친 세상 속에서 덜 흔들리며 살아갈 수 있을 것 같아서, 꼭 그럴 수 있었으면 하는 생각에.

아, 인상적이었던 마흔에 대한 답 하나. 불혹이란 더는 타인을 미혹시키지 못한다는 뜻이라고. 서글픈데 꼭 틀린 말도 아닐 것 같아서 울지도 웃지도 못하는 마음으로 들었던 말. 슬픈 예감은 틀린 적이 없다지만, 이것만큼은 아니었으면 좋겠다. 매혹적인 불혹을 꿈꾸며 희망을 버리지 못한 채 서른다섯을 살아간다.

．

계절이 바뀌는 것이 왜 매번 이렇게나 절절하게 느껴질
까, 반복이 가져오는 결과는 무뎌짐이 아니던가. 생은 이
론이 통하지 않는 것인지, 익숙해지지도 무덤덤해지지도
않는다. 하늘의 색, 바람의 온도와 햇빛의 미세한 변화에
매일 마음 쓰며 살아간다.

밥은 먹었어?
물어보는
이유

'꼬르륵'

배고픔을 느끼는 순간, 하고 있던 모든 행위에 성의가 없어지고 만다. 푹 빠져 있던 소설책, 진지하게 쓰던 글, 매끄럽게 움직이던 붓과 펜도 강렬한 허기를 알아차리는 순간 급정지.

꼬르륵거리는 소리와 함께 떨리기 시작하는 손, 초조해진 위장, '배고파' 한마디면 인간은 순식간에 다른 존재가 된다. 심오하고 지적인 우아한 호모 사피엔스에서 그냥 허기진 생명체로, 변한다. 이토록 허술하고 귀여운 인간의 본능이라니.

아무리 지치고, 슬프고, 화가 나도 우선 맛있는 걸 먹어서 배가 부르면 조금 괜찮아진다(맛없는 걸로 배를 채우면 상황이 악화되니 주의할 것). 온몸을 움츠리게 하는 추운 날, 종종 걸음으로 들어간 가게에서 뜨거운 국물로 배를 든든히 채우고 나오는 순간 어쩐지 덜 춥게 느껴진 경험은 누구에게나 있다. 허기를 달래는 것만으로도 같은 세상과 같은 상황을 다르게 느낄 수 있다는 건 얼마나 신기한지. 정신이 육체를 지배한다는 말과 육체가 정신을 지배한다는 말, 정반대의 의미이지만 결국 둘 다 맞는 말이 되어 버린다.

이 단순한 이론은 삶의 여기저기에 유용하게 적용할 수 있다. 이별이나 다툼, 실패와 외로움, 종류가 무엇이든, 마음이 괴로운 순간에 허기까지 느껴진다면, 가장 먼저 할 일은 당장 일어나 맛있는 것을 먹는 일이다. 힘든 순간에도 배가 든든해지면 아무것도 해결되지 않았어도 어쩐지 최악에서 벗어난 것 같은 기분이 드니까, 다시 해볼 만하다는 생각을 할 수 있으니까.

언젠가 사계절이 두 번 지나는 것을 함께한 연인과 기어코 헤어지고 만 금요일 오후에, 질질 흐르는 슬픔을 끌어안고 친구를 만나러 간 적이 있다. 친구는 웃는 것도 우는 것도 아닌 표정으로 서 있는 나를 회사 앞의 유명한 떡볶이 가게로 데리고 갔다. 메뉴를 고르고 할 것도 없이, 자리에 앉자마자 나온 넓적한 스텐 냄비 안에는 떡과 어묵, 야채와

쫄면, 이것저것 가득 담겨 있었고, 불 위에 올리자 금세 매콤한 냄새를 풍기며 보글보글 끓기 시작했다.

왜 헤어졌는지, 누가 헤어지자고 했는지, 어째서 헤어질 수밖에 없었는지, 그런 이미 지나가 버린 장면들에 대해 이러쿵저러쿵 떠들어 대며 열심히 떡볶이를 먹었다. 친구가 어묵과 대파 사이에 숨어 있던 계란을 건져서 반을 잘라 접시에 놓아 주기에 빨간 떡볶이 국물에 푹 담가서 입안으로 가져갔다. 적당히 졸여진 매콤달콤한 국물과 포슬포슬한 계란을 같이 오물오물 씹을수록 너무 맛있어서, 너무 슬픈 와중에도 그게 너무 맛있어서 기가 찼다.

나란 인간, 이별의 슬픔도 떡볶이로 치유되는 쉬운 존재였나? 그렇게 쌓아 놓고 읽어 댄 문학 안에서의 사랑은 삶을 걸고 하던 것인데, 몇 개월쯤은 입안이 까끌거려서 입맛이 없고 그래야 하는 것 아니었나…?

자괴감에 빠져서 자신을 비아냥거린 시간은 약 3초, 조금 더 버티기엔 떡볶이가 내 입맛에 딱 맞았다. 냄비가 3분의 2쯤 비워지고 나니 이별의 슬픔을 표현할 말도 동이 나서 우리는 자연스럽게 평소대로 시시콜콜한 일상을 주고받기 시작했다.

물론 떡볶이 한 번에 슬픔이 흔적도 없이 사라지지는 않앉지만, 분명 친구와 헤어져 집으로 가는 길에는 이어폰 속에서 슬픈 음악이 흐르겠지만, 조금은 괜찮아졌다. 확실히 그랬다.

찰나의 자아 성찰 중인 나에게 슬슬 때가 되었다는 듯 친구가 묻는다. "볶음밥 먹을 거지?", "사장님, 여기 밥하나 볶아 주세요오-." 대답할 틈도 주지 않는 나의 베프. 이런 게 진짜 우정이구나, 뭉클해지는 순간이다. 사랑을 잃고 나는 먹네, 떡볶이를 볶음밥을, 그런 말을 떠올리고는 깔깔대고 웃어 버렸다.

아, 그래, 바로 그렇게 앉아서 한참을 있었어.

둘러맨 배낭을 돌바닥 위에 털썩 내려 두고 베개처럼 베고 누웠어. 워킹화는 벗어서 오른쪽에 두고 양말도 벗어버리고 맨발로 두 다리를 쭉 폈지. 반들반들한 이마를 낯선 나라의 익숙한 바람과 습기 없는 햇빛이 문지르는 한낮에, 내 눈앞에는 오래된 대성당과 나와 같은 순례자들이 가득했지. 한참을, 엉덩이가 시려질 때까지, 그렇게 바라보고 있었어. 그 길 위에서 나는 스물몇 해만에 처음 알게 되었는지도 몰라, 인간은 삶이라는 바다 위에서 각자의 일인용 배를 타고 항해할 수밖에 없는 운명임을. 그 누구와 아무리 가깝게 몸을 포개어도 하나의 존재가 될 수 없음을, 그럼에도 불구하고 그 순간이 얼마나 벅차오르게 따스한지를.

익숙하고
지루하고
낯선 것

꼭 연남동에 이사하던 날처럼 을지로의 창밖으로 함박눈이 내린다. 입춘이 무색하게 겨울이 다시 돌아온 것 같아서 한참을 바라보았다. 세상을 온통 하얗게 뒤덮은 눈송이는 살갗에 닿는 순간 차가운 기운만 남긴 채 흔적 없이 녹아내린다. 사람에게 와 닿기 전, 공중을 떠도는 눈송이가 깃털처럼 보드랍고 따스해 보이는 것과는 전혀 다르게. 창밖에 하얀 커튼을 친 것처럼 쏟아져 내리는 눈에 대해, 우리가 아는 것이 있을까? 알고 있는 것이 전부일까? 이만큼 살면서 만났던 눈송이들이 모두 같은 것일까? 내가 아는 세계란 얼마만큼의 우주일까, 아주 작은 스노볼 안에 들어 있는 미니어처와 같이 살고 있는 것은 아닐까.

익숙해졌다고 지루하다고 치부해 버리기엔 세상엔 여전

히 신기한 것이 많다. 이미 알던 것도 낯설게 다가오는 순간이 있다. 분명히 답을 찾은 줄 알았던 것의 질문이 새롭게 낯설어지는 날이 있다. 따뜻할 줄 알았는데 차갑고, 날카로울 줄 알았는데 부드러운, 예상을 벗어나는 것들이. 그런 순간들을 놓치지 말아야 한다. 스노볼의 투명한 유리벽에 금을 만드는, 세계의 확장을 시도하기 위해 필요한 순간들을.

미지와 무지에서 발현되는 두려움을 해결하는 방법은 알고 있다. 경험해 보지 못한 것은 두 눈 질끈 감고 딱 한 번만 해보면, 이미 그 두려움의 크기가 절반으로 줄어들어 있다. 반복할수록 작아지다가 어느 순간 익숙함이 그 자리를 차지하고 두려움은 사라진다. 모르는 것은 알고 배우고 또다시 반복하면 된다. 그것보다 어려운 것은 익숙함과 안정감의 그림자처럼 자리하는 지루함이다. 매일이 거기서 거기인 것 같아서 권태로울 때, 권태마저 익숙해져서 새로운 것을 시도해 볼 의욕조차 사라져 삶이 흥미롭지 않을 때. 색과 소리가 사라진 영상처럼 무미건조한 일상이 도넛처럼 구멍 난 마음을 스르륵 통과한다.

그럴 때 나를 어찌할 바 모르게 만드는 것은 정체와 퇴화에 대한 두려움이다. 더 이상 성장하지 못하면 어쩌나 하

익숙하고 지루하고 낯선 것

는, 지금에 오래도록 고여 있으면 썩어 버릴지도 모른다는 두려움. 그러나 언제나 예고 없이 등장하는 이런 순간을 제대로 겪어 내고 나면 자신을 한 꺼풀 더 벗겨 낼 수 있다. 두려움은 늘 가까이에 있고 그것을 사라지게 하는 방법은 없으므로, 우리는 그것을 영리하게 이용하는 방법을 익히는 수밖에 없다.

삶의 방향키를 쥔 두 손이 멈칫하는 순간 자신에게 되묻는 날들. 인간으로 날 때부터 주어진 근원적인 질문들이 묵직하게 나를 내리누를 때의 괴로움. 절대로 만점을 받을 수 없는 시험문제처럼 매일 나를 들여다보는 것, 숨 쉬는 동안 계속해서 움직이는 것, 멈추지 않는 것, 작은 세계에 금을 만들고 부수고 확장하는 것. 각자에게 주어진 단 한 번뿐인 생은 이토록 분주하다.

갑작스럽게 따스해진 공기는 마스크로 가린 얼굴에도 봄기운을 문지른다. 온갖 새로움과 희망이 움트는 계절, 우리는 하루하루 성실하게 죽음에 가까워짐에도 불구하고 봄이 허락하는 동안에는 매해 다시 태어나는, 누군가에게는 의무가, 누군가에게는 권리가 있다. 어느 쪽의 손을 들 것인지 신중히 결정해야 한다.

어쩌면 우리는 오류의 결과일지도 모른다. 우리의 시작에 신이 있었다면, 신도 자신의 결과물이 이렇게나 제멋대로 굴 거라고는 예상하지 못했을 테니까.

쉼표 없는
문장은
숨이 차니까

피곤했는지 일찍 잠들어 버린 탓에 애매한 시간에 눈을 뜨고 말았다. 곤란한 마음으로 침대에 오도카니 앉아서 어둠에 익은 두 눈으로 방 안을 천천히 둘러본다. 어둠 속으로 사라져 버린 줄 알았던 것들이 어스름한 형태를 드러낸다. 모든 것은 잠들기 전 그 모습 그대로 그 자리에 있다. 책상, 의자, 가지런히 접어 둔 니트, 잠들기 전 읽다가 내려놓은 책.

고요함 속에 가만히 머무르고 싶을 때가 있다. 종일 너무 빠르고 시끄러운 세상 속에서 머무느라 쌓인 피로에 어질어질해지면, 태어나서 쭉 살아온 서울이라는 익숙한 도시에서 먼 곳으로 향하고 싶다. 겪어 보지 못한 적막과 한가로움이 그리운 순간. 촘촘한 건물들, 붐비는 지하철, 도로 위 빽빽한 자동차, 앞만 보고 종종걸음 하는 사람들, 그런 것이 없는 아직 가본 적 없는 어떤 곳으로.

당장 어디론가 떠날 수는 없으니, 욕조에 물을 가득 채운다. 왼쪽으로 수전의 손잡이를 바짝 꺾어 두고, 김이 모락모락 나는 투명한 물이 하얀 욕조를 채워 가는 것을 기다리며 스마트폰으로 음악을 튼다. 종이가 열 습기에 약하다는 것을 알면서도 책 한 권을 챙겨서 물속으로 들어간다. 처음엔 손과 발이 뜨겁지만 열기가 온몸에 스며들면 어느새 커피 안에 녹아든 설탕처럼 자연스럽게 물과 연결되어 따뜻한 사람이 된다. 기분 좋은 순간.

분주한 일상을 보내느라 몸과 마음이 식어 버린 것도 모른 채 어깨를 움츠리게 되는 날, 이렇게 욕조 안에 앉아 있으면 굳어 있던 것들이 녹아내린다. 말랑말랑해진 따뜻한 몸, 데워진 마음, 너무 오래 있으면 손가락과 발가락이 쭈굴쭈굴 해지는 것은 조금 싫지만, 가만히 잠겨 있으면 편안해지는 기분에 자꾸만 나와야 할 시간을 놓친다.

세상 안에 있으면서 철저히 혼자가 될 수 있는 순간, 깊은 밤 혹은 새벽, 모두 잠든 때 욕실 문을 닫고 세계와 관계로부터 단절된 채로 쉼표를 찍는다.

여백, 고요함, 서두르지 않는 것. 등수 혹은 가치를 측정하지 않는 삶에 대해서, 누구나 한 번쯤 상상해 본다. 목적지를 향해 다 같이 이동 중인 무리에서 이탈하는 것을 두려워하는 철새처럼, 그어진 선 밖으로 누락되면 죽는다는 룰을 가진 게임 참가자처럼 살다가도, 숨이 벅찬 순간에 이루지 못할 탈출을 꿈꾼다.

매 순간 효율과 효용을 생각하며 목적과 계획에 맞추어 성과와 발전을 위해 초와 분을 다투는 사람들. 언제까지 경주마처럼 앞만 보고 전력 질주할 수 없다는 걸 알게 되는 순간이 온다면 어떡해야 할까.

처음 겪는 생이란 것이 낯설고 어려워서 애쓰고 노력하고 앞만 보고 달리던 날들 후에, 더는 무리라고 깨달았을 때, 필요한 순간에 과감히 멈추고 쉴 수 있어야 다시, 더 오래 달릴 수 있다는 걸 배운다.

우리는 삶에서 무엇을 얻고 싶은 걸까, 어떤 삶을 살아가고 싶기에 이렇게 애쓰는 걸까. 수많은 관계로 얽힌 세계 안에서 나누고 싶은 것은 무엇일까, 버리고 비우고 싶은 것은 없는 걸까.

내가 바라는 나의 모습대로 존재하지 못하는 순간들이 괴롭다. 어제와 오늘이 같을까 봐 두렵다. 내일이 오늘보다

시시해질까 봐 달리는 걸음을 쉽게 멈추지 못한다. 애초에 홀로 걷는 경기를 하며 사랑하는 자신에게 실망하게 될까 봐 마음을 졸인다. 타인과 비교하는 마음만큼이나 스스로를 채찍질하는 마음도 삶에 쉼표를 허락하지 않는다. 생이란 긴 문장 안에 반드시 쉼표가 필요하다는 걸 알면서도.

누군가 자신에게 실망하지 않는 방법 두 가지를 알려 주었다. 하나는 자신을 어떤 흠도 개의치 않고 너무나 사랑하는 것, 또 다른 하나는 스스로의 밑바닥을 보고 모든 기대를 내려놓는 것. 나는 어떤 선택을 한 걸까? 엉거주춤한 모습으로, 그 사이에 선 채 간절히 사랑하면서도 투명하게 비치는 밑바닥에서 눈을 돌리지 못한다.

그래도 이런 날이면 핑계가 생긴 김에 멍하게 시간을 보낸다. 몸도 마음도 멈춘 채 아무런 유익한 행위도 생산적인 사유도 하지 않고. 작은 쉼표를 찍고 나면 분명 내일은 조금 더 가벼워질 거란 걸 알고 있으니까.

하루는 여러 곳의 커피를 마셨다. 공간과 공기의 흐름, 커피의 맛, 음악과 바닥의 질감도 모두 다른 곳에서. 나는 커피를 마시면서 무슨 생각을 했던가, 사람이란 참 알다가도 모를 일이야, 그런 뭉게구름 같은 생각들. 차디찬 겨울바람에 빨개진 손으로 들어와 잔을 꼬옥 잡고 있으면 금세 몸도 마음도 녹아 버린다. 겨울은 차가워서 따뜻함을 더 잘 느낄 수 있는 계절.

쉼표 없는 문장은 숨이 차니까

삶의
루틴을 만드는
이유

    매일이 비슷한 장면들로 채워지는 일상 속에서, '루틴'을 만든다는 것은 어떤 의미일까.

    정해 둔 시간에 잠들고, 일어나서, 침대 위의 이불을 나만의 규칙대로 정리하는 것. 바닥을 닦고 미지근한 물을 마시고 아침으로 사과 한 알을 꼭꼭 씹어 먹는 것. 진한 커피는 하루에 한 잔만 마시는 것, 저녁을 먹은 이후엔 음식을 먹지 않는 것, 매일 20분씩 운동을 하는 것, 일기를 쓰는 것, 만보를 채우자고 생각하면서 걷는 것처럼, 아주 소소하지만 하루를 완성하기 위해서 빠트릴 수 없는 것들. 의식하지 못한 채 자연스럽게 하기도 하지만, 꼭 지키기 위해서 의식하고 있기도 한 것들.

    사람들은 늘 안정을 원하지만, 조금만 생각해 보면 삶에는 안정이란 존재할 수 없다. 인간의 삶이란, 한 치 앞도 알수 없는 것이니까. 앞을 내다보는 것, 미래를 준비하는 것, 어쩌면 불가능한 것이니까. 당장 우리의 2020년만 해도 그렇지 않은가, 코로나19라는 바이러스를 누가 예측할 수 있었을까? 누군가 알았다고 한들 완벽한 대비라는 것이 가능했을까? 이것은 사라질 수 있을까? 사라진 후에는 다시 발생하지 않는다고 확신할 수 있을까?

살아간다는 것에는 늘 불안이 따른다. 두려움이 존재한다. 미지와 무지만큼 사람들을 두렵게 만드는 것이 있던가, 우리는 영원히 자신의 끝을 모른 채 살아가야만 한다. 당장 내 삶이 한 달 혹은 십 년, 어쩌면 백 년쯤 남아 있을 텐데, 어떤 것이 나의 길이인지 알 수 없으니까. 닥쳐 올 노화와 두려운 노후와 반드시 오고야 말 죽음 앞에서 평온한 사람이 얼마나 될까.

그런 이들에게, 일상 안에 자리 잡은 각자의 루틴은, 두려움과 불안이라는 흔들다리 위에서 꼭 잡아야 할 난간이되어 준다. 아무리 심하게 요동치는 다리 위에 서 있어도 양손으로 꼭 잡고 있는 난간을 놓치지 않으면 아래로 떨어질 일은 없다. 천천히 신중하게, 한 발자국씩 앞을 향해 걸으면 된다. 그렇게 균형을 잡는 것이 익숙해지면 걸어온 만큼, 그만큼 다시 앞을 향해 걸어갈 수 있다. 걸어온 길이 길어질수록 걸어갈 수 있는 길도 길어지는 것이다.

오늘 아침도 어제와 같이 해내고 나면, 하루를 무던히 보낼 수 있을 거라는 용기가 생긴다. 우리가 확실히 알 수 있는 것이라고는 그런 것뿐이니까. 어제의 내가 해낸 것들이 오늘의 나를 만들었다는 사실, 오늘의 내가 보내는 하루가 내일의 나에게 영향을 미칠 것이라는 사실.

아침이면 사과를 먹고, 매일 20분씩 운동을 하고, 저녁식사 이후로 야식을 먹지 않은 사람이 그렇지 않은 사람보다 쾌적한 삶을 유지할 확률이 크다는 것에 동의하지 않는 사람이 있을까.

불안과 두려움으로 삶의 절반이 채워져 있기에, 나머지 절반을 그것의 반대되는 것으로 채우기 위해서 굳이 '루틴'을 만든다. 분주한 하루를 보내고 난 뒤 집으로 돌아올 12시간 후의 나를 위해, 매일 아침, 침대를 반듯하게 정돈한다. 코로나가 있든 없든, 삶이 흔들다리 위에서 잘 굴러가게 하는 방법이라고는 결국 이런 것뿐일지도.

힘에 부칠 때, 내 안에서 만들어져 나의 손끝으로 흘러나온 아름다운 것들을 바라본다. 하얗고 투명한 그릇에 그것을 담아 햇빛 아래에 두고 한참을 보고 있노라면 다시 기운이 난다. 내 눈앞에 실존하는 것으로 내가 만들어 낸 것이라는 실감. 오로지 스스로의 선택과 행동으로 이루어진 결과. 쉬어 가도 괜찮다. 천천히 해도 괜찮다. 계속해서 움직이고 있다면.

나의 글 속에 가장 많이 등장하는 단어는 아마도 '순간', 하루 안에 수많은 순간들이 존재한다. 하루를 살아 내는 것보다 순간을 살아가고 싶다. 찰나와 순간, 그 미세한 흔적들.

삶의 루틴을 만드는 이유

2. 나: 언제쯤
다 알 수 있을까?

미친 듯이 후회했던 순간까지도

결국은 지금의 나를 만드는 경험이 되었으니까.

매일
하는 것이
나를 만든다

매일 (하는 일)이 당신, 매일 (먹는 음식)이 당신, 괄호 안에 무엇을 넣어도 정답에 가까운 공식과 같은 문장. 매일 무엇을, 먹고, 마시고, 보고, 듣고, 하는지, 그 하루하루가 쌓여서 매일이 되고, 매일의 삶이 결국 내가 되는 것. 내가 어떤 사람인지 고개를 갸우뚱하게 되는 날, 혹은 어떤 사람이 되고 싶다고 결심하는 날이면, 그날 하루를 돌아본다. 오늘도 읽고, 쓰고, 그리고, 진심으로 타인을 대했다면, 되고 싶은 사람이 되어 가고 있다고, 안도한다.

그런 나의 속도는 달팽이처럼 느리다. 그게 나의 속도라는 걸 서른이 다 되어서야 알았다. 애어른 같았던 이십대에는 삶의 모든 것에 성급했었다. 모범생으로 살아온 자신에게 익숙해져서, 혼자서 알아서 잘하는 나라는 역할에 사로잡혀서, 어

76 / 77

서 빨리 자리를 잡고 싶었다. 어른다운 어른이 누구보다 먼저 되고 싶었고, 앞서가야만 스스로를 칭찬해 줄 수 있을 것 같았다. 내 역할을 제대로 해냈다고 인정받고 싶은 마음이 가장 컸다. 주어진 생의 초반부터 그런 속도에 익숙했으니까. 자의는 아니었지만, 학교를 일곱 살에 가고, 반장을 하고, 걱정 끼치기 싫은 마음에 졸업도 하기 전에 4학년 때 취업을 하고, 모든 것을 서둘러서 해냈다. 심지어 걸음도 어찌나 빨랐는지, 옆을 돌아볼 새도 없이 목적지만 생각하며 힘차게 걸었다. 그땐 누군가와 함께 걷는 순간이 답답했었다.

그게 나의 속도인 줄 알았다. 스스로가 원해서 그렇게 살고 있다고 생각했다. 주변에서 바라고 기대하는 것이 스며들었을 뿐이라는 건 한참 뒤에서야 알았다. 나와 내 삶의 속도가 어긋나고, 내 안에서 만들어진 것이 아닌 성급함과 조급함으로 많은 것이, 뒤틀리고 꼬여서 엉망이 된 후에야 되찾게 된 나만의 박자와 리듬.

그림이야 오래 그렸지만, 주변에서는 그것만으로는 삶을 꾸려 갈 수 없다고 말했다. 튼튼하고 안전한 것으로 삶을 지탱하고 그림은 가끔 만나는 오랜 친구처럼 곁에 두는 게 좋다고 배웠다. 그렇게 배운 대로 살다가 뒤늦게 그림을 선택하고, 일로 만들고, 그것으로 돈을 벌며 삶을 꾸려 가기까지, 빙빙 돌아가느라 한참 걸렸다. 깊숙이 넣어 두었던 아주 작은 씨앗을 썩기 전에 겨우 꺼내어 심고, 싹을 틔우는 데 몇 년이 걸렸다.

　글이야 매일 썼지만 오래도록 노트 위에 펜으로 써오던, 나만을 위한 글이었다. 그것을 바깥으로, 타인의 앞에 내놓기까지도 스물몇 해가 걸렸다. 내가 아닌 또 다른 누군가 읽게 될 것이라는 사실을 전제한 글쓰기를 스물아홉에 시작해 서른다섯, 7년을 꼬박 적어 보고 나서야 익숙해졌다. 막연히 마흔 즈음부터는 글로도 돈을 벌고 싶다고 생각하던, 확실한 욕망을 품고도 느리게 움직이는 나란 사람의 속도로.

　내가 진짜 원하는 게 무엇인지 아는 것 다음으로, 그런 내가 되어 가는 속도를 조절하는 것도 중요하다는 걸 알게 되었다. 너무 빠르게 흘러가는 시간이 야속하게 느껴지는 것이 하루지만, 그럼에도 삶은 꽤 긴 호흡으로 채워 가야 하는 마라톤이니까. 금세 지치지 않도록 조금씩 나아지는 것, 약간씩 성장하는 것, 천천히 달구어지고 오래도록 뜨겁게 유지하는 것이 이상적이라고 생각한다. 단, 절대로 멈추거나 핑계 대지 않을 것, 어떤 상황에서도 그리고 쓰는 일을 계속하겠다고 생각한다.

이런 내가, 가까운 사람들이 보기엔 답답하고 한심해 보이기도 하는 것 같다. 너무 느려서, 무엇도 크게 이루는 것이 없어 보여서, 이십대의 질주하던 내 속도를 기억하는 사람들에게는 실패했다고 느껴지는지, 그런 자신들의 생각을 내게 은근히 드러내기도 한다. 그럴 때면 보고도 못 본 척, 혹은 듣고도 못 들은 척 털어 버린다. 그런 반응에 상처받을 필요가 없다고 생각하는 이유는 '내가 매일 무언가 하고 있다는 사실'을 자신이 알고 있기 때문이다. 내가 되고 싶은 나를 알고, 그렇게 되기 위해 매일 계속하고 있다. 아주 느린 속도지만 내 삶은 조금씩 그렇게 되어 가고 있다. 그것을 나는 알고 있다.

비 오는 날, 우연히 눈에 들어온 달팽이들이 길을 건너는 모습을 유심히 지켜보면, 한 걸음이면 닿을 거리를 영원처럼 느리게 기어간다. 아주 느리게 움직이는 탓에 멈춰 있는 것처럼 보이기도 한다. 하지만 한두 걸음 걸어가다 문득 뒤를 돌아보면, 분명히 아까와 다른 자리에 있는 달팽이를 발견한다. 그들은 멈춰 있지 않다는 걸, 계속해서 자신만의 속도로 목적지를 향해 움직이고 있다는 사실을 그제야 알아차린다.

당장 아무런 일도 일어나지 않는다고 매일 쓰지 않았다

면, 영영 나의 책은 현실로 존재할 수 없었을 테고 글로 돈을 버는 일은 그저 한 번쯤 꿈꿔 봤던 일로 남았을 것이다. 새로운 시작에 대한 두려움으로 안전한 자리에 머물며 다시 그림을 선택하지 않았다면, 예측하지 못한 변수들이 힘겨워서 그 시간을 견디지 못하고 그만두었다면 '아틀리에 봄'의 7주년도, 결국은 지금의 나도 만날 수 없었을 것이다.

누군가를 앞서가고 싶다는 생각은 하지 않는다. 나보다 훨씬 어린 나이에 큰 성공을 이룬 누군가를 부러워하지도 않는다. 그게 누구든 타인과 나를 비교하며 스스로를 작게 만들지 않는다.

나는 지금 내 속도가 좋다. 천천히 쌓아 온 내 삶의 형태가 마음에 든다. 그림 그리고, 글을 쓰고, 사람들을 만나는 일로 채워진 하루가 만족스럽다. 가끔은 스스로도 지겨워질 만큼 느리다는 생각도 하지만, 긴 시행착오를 거쳐 발견한 나와 꼭 맞아떨어지는 박자와 리듬이 좋다. 언젠가는 반드시 가게 될 목적지에 조금 늦게 도착해도 괜찮다고 생각하니까. 그렇게 느긋한 마음으로 예전과는 다르게 주변을 두리번거리며 걷는다. 한눈을 팔며 산책하듯 걷는 길 위에서, 선물처럼 발견하는 수많은 아름다운 장면들을 즐기면서, 아주 오랫동안 걷고 싶다.

Chicago
Nook '13

누군가는 외로움에 대해 쓴다고 한다. 지구상의 어느 한 자리에서 누군가 매일 외로움에 대해서 쓰고 있다. 외로운 것은 사람이니 사람에 대해 쓰는 것일까. 사랑, 슬픔, 성공, 실패, 스릴러, 심지어 공상과학도 결국은 모두 사람에 관한 것이니까, 무엇에 대해 쓴다 해도 사람에 대해 쓰는 것이라는 생각을 하는 요즘.

가족들이 모두 외출한 고요한 아침, 회베이지색 소파의 오른쪽 끝에 앉아서 파란 하늘과 하얀 구름, 반짝이는 햇빛이 어우러진 가을을 구경했다. 빠르게 흘러가는 구름을 쳐다보다가 불안이 내 안에 있음을 인정했다. 불안이 내 안에 있다. 내 곁을 영원히 지킬 몇 가지 중의 하나. 나는 작은 강아지를 품에 안고 쓰다듬듯 내 안의 불안을 어루만졌다.

누군가는 희망을 쓰고 외로움을 쓴다. 불안에 대해 쓴 이들도 많이 있었다. 사람 안에 담긴 것들에 대하여, 사람들은 쓰기를 좋아한다.

쓰지 않으면 노래하고, 그림으로 그리고, 춤을 춰서, 안에 있는 것을 꺼내 보인다. 네 안에 있는 것이 내 안에도 있다는 걸 보여 준다. 그걸 보고 안도한다. 그건 나와 네가 우리가 될 수 있는 유일한 방법이니까.

나는
자라서
내가 된다

나중에 커서 어떤 사람이 되고 싶어? 뭐가 될 거야? 라는 익숙한 질문에 대한 대답은 '나는 자라서 내가 된다' 아닐까. 너무 쉬운 답 아니냐고 생각한다면, 글쎄, 내가 되는 것보다 더 어려운 것이 있냐고 되묻고 싶다. 차라리 내가 아닌 다른 것이 되는 것이 쉽지 않으냐고, 많은 사람들이 그렇게 살아가는 것처럼.

어떤 대상을 관찰하고, 그의 어느 부분을 동경하고, 그것을 흉내 내다가 결국 그처럼 되어 가는 것. 혹은 다들 되어야 한다고 하는 어떤 모습을 맹목적으로 쫓아가는 것. 어떤 것도 나다운 내가 되는 것보다는 수월하다.

가장 어려운 것은 타인의 욕망을 내 것이라고 착각하지 않고 진짜 내가 되고 싶은 모습을 찾기 위해, 알아내기 위해 고군분투하는 것이다. 주변의 시선이나 말에 흔들리지 않고 자신을 깊이 들여다보는 일, 그렇게 바닥을 파헤치느라 두 손이 엉망이 되어도 포기하지 않는 것. 마주한 스스로의 욕망이 어떤 모습이든, 있는 그대로 받아들이고 나를 재정립하는 것에는 용기가 필요하니까.

과거의 나보다 더 나은 내가 되었냐고 묻는다면, 모든 날들을 지나오며 나를 더 많이 알게 되었다고 대답하고 싶다. 겪지 않았으면 좋았을 일, 만나지 않았다면 좋았을 사람, 하지 않았으면 좋았을 결정, 지워 버리고 싶은 과거는 이제 없다고. 작은 점과 같은 찰나의 순간도 돌이킬 수 없다는 사실을 인정한다고.

미친 듯이 후회했던 순간까지도 결국은 지금의 나를 만드는 경험이 되었으니까. 그리고 다행스럽게도 지금의 내가 그때의 나보다 훨씬 더 마음에 든다. 불필요한 더께를 전부 벗겨 내고 날것의 나를 마주하며 선명해진 스스로를 정면으로 마주한 지금의 내가.

삶이 계속되는 동안에는 나에 대해 공부하는 것을 멈추지 말아야 한다. 그렇게 점점 더 스스로를 이해하고 발견할수록 나다운 내가 되어 갈 테니까. 삶의 마지막 순간에는 오로지 나로서 완전하기를 바라며.

좋아하는 건
자꾸
소문내도 돼

좋아하는 걸 좋아한다고 소문내는 걸 좋아한다. 좋아하는 마음을 잘 숨기지 못하는 어린애 같은 모습일지도 모르지만, 좋아하는 걸 여기저기 떠들어 대면서 살아 보니 나쁜 점보다는 좋은 점이 훨씬 많았다.

꽃, 식물과 와인, 그리고 커피를 좋아하는 것은 하도 여기저기 쓰고 말하고 다녀서 아는 사람들은 모두 알고 있다. 비 내리는 날에 비 구경하기를 좋아하는 것도, 쳇 베이커와 사티, 굴드를 좋아하는 것도, 책을 사는 것과 읽는 것 모두 즐겨 한다는 것까지. 여전히 CD를 사고 빈티지 가구와 조명을 탐내고 작은 정원을 갖고 싶어 한다는 것도. 계절 과일들을 챙겨 먹고 예쁜 그릇만큼 아름다운 디저트를 좋아한다는 것, 이름이 새겨진 가죽 노트를 오래도록 길들이며 쓴다는 것, 가방이 항상 무겁다는 것, 틈만 나면 산책을 하고 이런저런 핑계를 만들어 편지를 쓰고 싶어 한다는 것도 기회가 닿을 때마다 소문을 낸다.

열심히 소문낸 덕분에 다정한 사람들에게 좋아하는 것들을 수없이 선물 받았다. 아무런 특별한 일이 없는 평범한 날 불쑥 건네는 아름다운 꽃, 향이 좋은 와인, 아직 가보지 못한 나라의 커피, 짧은 인사말을 적은 엽서가 끼워진 시집, 좋아하는 영화의 포스터, 가보고 싶은 나라의 그릇, 우리가 만나는 계절의 잘 익은 과일들, 먹기 아까울 만큼 예쁜 케이크, 줄줄이 이어지는 고마운 기억들. 좋아하는 것이 많아질수록, 좋아하는 사람들과 좋아하는 것을 함께 즐길 수 있는 순간들도 늘어난다. 자주 사소하게 즐거워질 수 있는 확실한 방법으로 이것만큼 효과적인 것이 있을까.

그래서인지 새로운 사람들을 만나면 무엇을 좋아하는지 묻고 싶다. 한 사람은, 그녀 또는 그가 좋아하는 것과 싫어하는 것들의 집합체에 가까우니까. 누군가를 기억할 때면 나는, 그 두 가지로 한 사람의 이름 아래 목록을 채운다.

나이를 더해 갈수록 좋아하는 것들의 꼬리가 길어진다. 가능한 싫어하는 것들은 하나씩 지워 가고 좋아하는 것들만 더해 가고 싶다. 쉽지 않겠지만 무언가를, 누군가를, 싫어하느라 기운 빼느니 좋아하느라 설레는 것이 훨씬 즐거울 테니까.

비 오는 날, 신발이 젖는 것은 싫지만 비를 좋아하는 마음으로 싫은 것을 덮어 버린다. 신발은 말리면 되고 젖은 발은 깨끗이 씻으면 말끔해지니까. 싫어하는 마음으로 구겨진 주름은 시간이 흐를수록 잘 펴지지 않으니 웬만하면 너무 오래 남아 있지 않도록, 좋아하는 것들로 부지런히 다림질을 한다.

추운 걸 싫어하기보다는 도톰한 스웨터의 포근함을 좋아하기. 더운 걸 싫어하기보다는 시원한 아이스 아메리카노를 마실 때 목구멍이 차가워지는 순간의 시원함을 즐기기. 버스정류장에 서서 기다리는 시간의 지루함에 짜증내기보다는 가방에 넣어 다니는 책을 꺼내 읽는 순간으로 생각하기.

좋아하는 와인을 좋아하는 사람들과 나눠 마시기. 수업 시간에 새로 산 CD 틀어 놓고 이야기 나누기. 새로 산 책의 마음에 든 구절을 인스타그램에 올리기, 크리스마스에는 손글씨로 카드 쓰기. 카드를 전해 주겠다는 핑계로 만나서 커피 마시기, 나와 같은 것을 좋아하는 사람들을 기억하기.

좋아하는 것들을 좋아하는 사람들과 함께 하는 걸 좋아하니까, 여기저기 부지런히 소문을 낸다. 아, 나도 그거 좋아하는데! 라고 말하는 사람들을 만나게 되는 순간을 기대하면서.

나는 무엇이 되고 싶은 걸까, 아직도 매일 생각한다. 크레파스로 알록달록 써내려 가던 때와 같이 확신에 차서 적어 보지만, 이게 될까? 라는 의문을 가지는 것은 그때와 다르다.

그런데 되고 싶은 것, 이제 다 되었다는 것은 언제 알게 되는 걸까?
밥솥처럼 알람이 울리지는 않을 텐데.

좋아하는 건 자꾸 소문내도 돼

글자로
나를
그리는 일

나를 잘 모르겠다고 생각한다면 글을 써보는 게 어떨까. 쓰는 것은 고통과 쾌락을 느끼는 육체를 지닌 존재가 실체를 인식하기 위해 시도해 볼 수 있는 꽤 효과적인 방법이니까. 나를 떠올려 보고 머릿속에 그려지는 이미지와 단어들을 손끝으로 노트, 혹은 화면 위에 글자로 새겨 보는 것이다.

감추고 꾸며 내는 글쓰기는 불가능하다. 한두 번쯤 자신의 어떤 점을 진실과 다르게 혹은 더 나아 보이도록 쓸 수 있을지 모르지만, 하루 이틀, 그리고 매일 무언가를 쓰기 시작한다면 그것은 절대로 불가능한 일이다.

자신의 머리와 가슴에서 자라난 글자들을 내뱉다 보면 자신도 모르는 새에 민낯이 드러나고 말아서, 적어 놓은 글자들 곳곳에는 내가 묻어 있다. 감히 영혼이라는 거창한 단어를 끌어다 쓰자면, 끄적여 놓은 메모 몇 줄에도 영혼이 스며 있다.

가끔은 말보다도 글이 날것이라고 느껴진다. 말은 대부분 상대방이 존재하는 상황에서 주고받는 것이라 타인의 영향을 받을 수밖에 없다. 상대방의 말은 듣는 순간 내 안에 수용되고, 그것이 나와 닿아서 반응을 일으킨다. 그 반응의 결과로 다시 어떤 말이 생성되어 내뱉어지고, 그것은 상대방에게 수용된다. 그런 주고받음의 원리 때문에 말이란 내 입에서 나왔다고 해도 온전히 나만의 것이라고 하기엔 어려움이 따른다.

그러나 글은 다르다. 보통 무언가 적을 때 우리는 혼자가 되니까. 조용한 곳에서, 입은 다문 채 머릿속에서 글자들이 바쁘게 퍼즐을 맞춘다. 그렇게 만들어진 문장들은 손가락을 요리조리 움직여서 하얀 바탕 위에 검은색 무늬로 그려진다. 그렇게 글이란 내 안에서, 나를 재료로, 나만의 레시피로 만들어진다. 누군가의 영향을 받았어도, 어떤 작가의 글을 읽고 마음이 움직여 쓰는 글이라 해도, 결국 마지막에 나라는 필터를 거쳐 나를 닮은 글을 만들어 낸다.

이렇게 스스로를 질질 흘려 가며 매일 뭐라도 끄적이다

보면, 머릿속의 희미하던 자신의 모습이 점차 선명해진다. 부연 거울에 서린 김을 걷어 내고 허세와 왜곡 없는 자신을 마주하는 순간에 천천히 다가간다.

머릿속이 시끄러운 밤, 안온한 침대 속에서 몸부림치는 것은 밤일까 나일까. 한참 전에 자리에 누웠지만 뻑뻑한 눈꺼풀과 달리 머릿속은 점점 더 소란스러워진다. 이럴 때면, 작은 머리통 속에 들끓는 이 글자들을, 단어들을, 문장들을, 누가 좀 꺼내어 적어 주었으면 좋겠다. 이것들을 한 조각도 잃어버리지 않고 되찾을 수 있었다면, 나는 뭐라도 그럴싸한 것을 써내었을까?

글자로 나를 그리는 일

어설픈
어른의
'장래희망'

    이야기를 떠올리는 것은 즐겨 하는 놀이였다. 머릿속에서 하나의 인물을 만들어 내고 이름을 붙여 주고 나면, 그가 사는 집의 모습을 종이 위에 그려 보고, 멋들어진 침대와 책상을 그려 넣었다. 마을과 친구들, 옷장에 걸어 둘 옷과 모자, 구두와 가방, 좋아하는 음식이나 꽃 같은 것도 정해 주곤 했다. 상상 속의 마을 안에서 주인공은 하루 만에 많은 날을 살아 냈다. 어떤 사건에 휘말려 모험을 하는 날도 있었고, 친구들과 학교에서 보내는 평범한 일상을 사는 날도 있었다. 내가 보고 듣고 읽었던 모든 것들이 또 다른 새로운 이야기를 만들어 가는 시작이 될 수 있었고, 그 안에서는 불가능이란 없었으니까.

    어떤 날은 하나의 이야기에 매료되어 푹 빠져들었다. 누군가 견고하게 건축해 놓은 거대한 세계 속으로 나를 집어넣고, 본 적 없는 마을에서 입어 본 적 없는 옷을 입고 살아본 적 없는 시대를 사는 인물이 된 나를 상상해 보는 것, 그런 새로운 나는 어떤 일상을 보내게 될지 또 다른 이야기를 만들어 내는 것도 즐거웠다.

그렇게 내 안에서 만들어지는 이야기들은 스케치북에 그려 넣으면 그림이 되었고, 네모칸을 그린 다음 대사를 함께 적어 넣으면 만화가 되었다. 글씨로만 끄적이면 소설이었고, 머릿속에서만 둥실둥실 떠다니게 두면 공상으로 그쳤다.

이제와 생각해 보면 '이야기'를 좋아한다는 것, '이야기'를 만드는 것에 매료되었다는 것도, 개인이 가진 하나의 성향이자 재능이었다. 만약 그것들을 더 소중히 여기고 다듬어 가며 키워 냈다면 지금과는 또 다른 내가 되었을지도 모르겠다. 하지만 책을 읽는 것과 글을 쓰는 것, 혹은 악기를 다루고 그림을 그리는 것은 그때만 해도, (물론 아닌 곳도 있었겠지만) 내가 속한 환경에서는, 지극히 취미의 영역에만 해당되는 것이었다. 원하는 만큼 충분히 읽고 쓰고 보고 듣고 배울 수 있었고, 열심히 하고 잘하면 칭찬은 받았지만, 그런 것으로는 돈을 많이 벌 수도 없고 안정된 생활을 영

위할 수도 없다고 배웠으니까. 위인전에서 읽었던 역사 속 천재들의 이야기들을 근거로, 예술과 문화의 영역은 그런 천재가 아니라면 삶을 조금 더 풍요롭게 만들어 주는 교양으로 갖추는 것만 허락되었다.

당연하게도 나는 천재가 아니었으므로, 내 안의 소소한 재능은 그저 그림일기를 성실히 쓰거나 언어영역을 수월하게 풀 수 있는 능력의 밑바탕 정도로 취급되었다. 진짜 '직업'을 갖기 위한 출발선에 설 때까지, 그곳에 다다르는 길을 걷는 데 도움이 되는 긍정적인 부분으로. 돌아보면 아쉬움이 남는 것은 나조차 배운 대로 생각해 버렸다는 사실이다. '이야기'의 힘을 조금 더 믿었더라면 어땠을까, 작은 재능이라도 꽉 붙들고 키워 나갈 수 있었다면.

그렇다고 그 시절의 어른들이 했던 말이 전부 틀렸다고 생각하지는 않는다(분명 뛰어난 극소수의 사람들만이 확실한 명성과 괜찮은 부를 거머쥘 수 있는 분야니까. 하지만 그렇지 않은 분야가 세상에 있던가?). 그들은 경험을 통해 배운 것을 알려 주려고 했을 뿐 예상하지 못했을 테니까. 그리 길지 않은 시간이 흐른 뒤의 세상은 '이야기'꾼들이 리드해 나갈 것이라는 사실을. 고유의 '디자인'과 '이야기'가 없이는 기업도 브랜드도, 직업도 사람도 길게 생존할 수 없게 된다는 것도. 벼

려진 '감각'을 지닌 사람들만이 갈수록 변화의 속도를 높여 가는 자극적인 세상에서 도태되지 않는다는 것을.

장래희망은 늘 어떤 '직업'을 이야기하는 것에 익숙했던 세대지만, '직업'을 버리고 '일'을 선택한 후로는 다르게 생각할 수 있게 되었다. 그리고 또 한참 뒤에야 '이야기'를 만드는 것에서 그치지 않고, '이야기'가 되고 싶은 스스로를 발견했다. 내 삶이 하나의 '이야기'가 되는 것, 어느 누구와도 같을 수 없는 고유의 이야기로 쓰이는 것, 그려지는 것, 만들어 가는 것. 이제 누군가 장래희망을 묻는다면 이야기라고 대답하고 싶다.

물론 이젠 누구도 내게 '커서 뭐가 되고 싶어?'라며 '장래희망' 같은 걸 물어보지는 않지만…

가끔 어른들도 서로 물어보면 어떨까? 인간이란 죽음이라는 적막에 다다를 때까지 이 질문이 필요한 존재니까.

스스로의 색이 짙어질수록, 자신을 제외한 모든 것에서 화려한 색을 제거하고 싶어진다. 진짜 내가 아닌 어떤 모습을 애써 꾸며 내고 싶지 않고, 자연스러운 나를 가리고 싶지도 않다. 세월과 태양의 흔적이 그대로 드러나는 민낯처럼, 생의 한가운데서 새겨 온 무늬가 선명해지도록.

어설픈 어른의 '장래희망'

쓰면 쓸수록
더 많이
쓰게 되는 것

    계절과 날씨에 대해 쓰는 것은 참 쉽다. 가장 쓰고 싶으면서 가장 쓰기 어려운 것은 자신에 대해 쓰는 것이다.

    자신에 대해 쓰려면, 깊은 바닥의 그을음을 드러내는 것은 어렵지만 피할 수 없는 일이다. 굴뚝 청소를 미루면 제대로 불을 피울 수 없으니 오래도록 쌓여 엉겨 붙은 그을음을 날카로운 것으로 긁어 내고, 먼지와 잿가루를 깨끗이 닦아 낸다. 날카로운 것에 긁혀 고통스럽거나 그을음이 묻어 더러워지는 것은 반드시 견뎌 내야 하는 순서다. 그 지루함을 겪어 내고 나면 드디어 시원한 바람이 통하고, 붉은 불길은 그제야 기다렸다는 듯 커다랗게 타오르기 시작한다. 내 안의 가장 큰 두려움을 정면으로 마주하고 난 뒤에야 우리는 성장할 수 있으니까.

계속해서 자신에 대해 써야 하는 이유는 무엇일까? 그 하나의 주제에 대해, 무엇을 위해, 무엇을 기대하며 써야 할까, 생의 흐름을 타고 변하거나 변하지 않는 모순된 조각들로 이루어진 나라는 퍼즐에 대해서.

　결국 하나의 생이란 자신을 알아 가는 데 소진되고 마는 것 아닐까? 그나마 다 알게 되는 것마저 불가능할 테지만, 한 사람의 삶은 그에게 허락된 우주 전체의 삶이나 마찬가지니까. 하나의 세계를 탐구하는 일에 자신을 바치는 것, 그것을 또 다른 단어로 삶이라 부르면 될까.

　그렇게 나의 우주를 여행하는 시간을 기록하는 것, 그로 인해 타인을 더 가까이 이해하게 되는 것, 나의 우주만큼 흥미로운 당신의 세계를 알게 되는 것. 나를 알고 난 뒤에 너를 배우고, 우리를 꿈꾸는 것. 이 모든 것이 나에 대해 쓰기 시작할 때 가능해진다.

　시간을 다투느라 붓을 쥔 반대편 손등에 쓸어내린 물감들, 이미 충분히 길들인 동물의 털, 가지각색의 물감이 스며들고 오일 향이 배어 있는 붓이, 손등 혹은 손바닥을 빠르게 간지럽히고 멀어지기를 종일 반복한다. 집에 도착해 씻으러 들어간 욕실에서 푸른색 물감이 여기저기 남아 있는 두 손을 발견할 때, 오늘 내가 어떤 사람이었는지 깨달는다. 그런 자신에 대해 쓴다.

삶이 계속된다면 쓰고 싶은 이야기는 줄어드는 법 없이 늘어나기만 한다. 두 손이 움직이는 속도가 그것을 못 따라갈 만큼. 솔직히 말하자면 거창한 것 없이 재밌어서 쓴다, 쓰는 게 재밌어서 계속 쓰고 싶다. 해가 지는 장면에 대해서, 창밖의 나무들을 움직이는 바람에 대해서, 가을이라는 완벽한 세트를 산책했던 오늘 아침의 기분에 대해서, 넓은 카페 안을 채운 사람들의 전부 다른 뒷모습에 대해서, 나란히 앉은 두 사람 사이의 간격에 대해서, 마주 보고 앉은 이들의 고갯짓과 커피를 내리는 직원들의 친절한 말투와 미소에 대해서. 그게 무엇이라도, 어떤 장면이라도, 글자로 그려 내기 시작하는 순간 영화 스틸컷처럼 새롭게 느껴진다.

그렇게 끄적거리면서 알게 된 것들, 누군가를 특별하게 만드는 방법은, 그에 대해 쓰는 것. 평범한 일상을 흥미롭게 만드는 방법은 매일 일기를 쓰는 것. 있는 그대로의 나를 받아들이기 위해서, 매일 조금씩 달라지는 자신을 가감 없이 기록할 것.

쓰면 쓸수록 더 많이 쓰게 되는 것

3. 일: 출근길이
행복하다면 이상한가요?

위험에 대한 두려움보다

남아 있는 내 삶이 아까운 마음이 커져 버린 순간

안전한 길을 이탈할 용기가 생겼다.

은퇴는
안 할
생각이에요

 회사에 다니던 과거의 내가 그랬듯이 많은 사람이 일은 그저 돈을 벌기 위해 하는 것이라 여긴다. 지루한 출퇴근 길, 수년간 익숙해졌지만 여전히 재미는 없는 업무, 상사나 후배, 동료와 마찰이라도 생기면 하루의 대부분을 보내는 회사에서의 시간이 더욱 갑갑해진다. 그래도 살아가는 데 는 돈이 드니 참고 버텨 본다. 먹고사는 일, 가족을 꾸리고 어른이라는 이름표에 걸맞게 행동하려면 그래야만 한다.

 그게 맞는지도 모른다. 맞고 틀리다기보다는 편리한 정의에 가깝다는 생각이 든다. 일과 직장을 돈을 벌기 위한 수단으로 정의하면 즐거움, 설렘, 성취감 같은 감정은 배제 되겠지만, 동시에 기대와 실망도 비울 수 있을 테니까.

 하루의 절반쯤, 일주일 중 5일 정도를 약간의 허무와 지루함, 잊을 만하면 떠오르는 꿈같은 것과 뒤섞여서 지내다 보면, 통장에 잔고가 쌓이고 명함의 직책이 달라지고 어느새 그 자리가 익숙해져서 이곳 말고 다른 곳으로 가는 일은 불가능한 것처럼 느껴진다.

하지만 어떤 사람들은 다르게 말한다. 일은 나를 구성하는 중요한 영역이라고, 내 일은 나와 내 삶을 더 나답게 완성시켜 준다고. 나는 영원히 일하고 싶다고. 은퇴를 꿈꾸지 않는 영원한 현역들, 과거의 나와는 다른 지금의 내가 바라는 나이 든 나의 이상향들.

사주나 점 같은 것은 돈이 아깝다고 여기던 나도, 마음이 답답해 이거라도 보러 가자 싶은 때가 있었다. 서른을 둘, 혹은 셋, 그쯤 연말에 세 군데서 동시에 사주를 보고 왔다. 처음 보는 것이니 비교군이 필요하다는 생각에 아깝다고 여기던 몇 만 원을 세 사람에게나 쓰고 왔다. 이후로는 다시 가지 않은 것을 보면, 내게는 큰 의미가 없다고 여겨졌기 때문이겠지만, 그때 들었던 말 중에서 오래도록 머릿속을 맴도는 말이 하나 있다.

한 명의 아주머니와 두 명의 아저씨는 같은 내 사주를 앞에 두고 비슷한 말 절반, 전혀 다른 말 절반을 내놓았다. 세 사람의 앞에서 나는, 역시 이런 건 꿈보다 해몽 아닐까

은퇴는 안 할 생각이에요

하는 생각을 하며 적당히 새겨듣고 대충 흘려버렸지만 한 아저씨의 말은 지금도 정확히 기억한다.

그 아저씨의 말이 특이하다고 느껴졌던 것은, 잘은 모르지만 이런 분들이 어떤 말을 할 때 미래에 대해서는 확언이나 장담을 잘 하지 않는다고 들었는데, 이 아저씨는 내가 93세에 자다가 죽는다고 아무렇지도 않게 말하는 게 아닌가. 그것도 잠든 채로 가니 호상이라며, 또 그 나이까지 계속 일을 한다고 말했다.

93세까지 일을 한다! 나는 그 말이 꽤나 만족스러웠다. 93세에도 여전히 일할 수 있는 건강과 능력, 환경이 허락된다는 것이니 얼마나 기쁜가, 게다가 은퇴 뒤의 삶을 고민할 필요도 없이 현역으로 평생을 지내다가 잠든 채로 생을 마감한다니, 더할 나위 없다는 생각마저 들었다.

인상 깊었던 그 말도 희미해져 잊고 지내던 어느 날, 수업 중에 다 같이 신년운세와 사주, 별자리, 타로점에 대해 이야기 나누다가 문득 그 말을 떠올렸다.

만약 회사원 시절, 그 말을 들었다면 어땠을까? 나는 크게 좌절하거나 울적해진 기분으로 그 말을 잊어버리고 싶어 했을 것이다. 그 나이가 되도록 돈을 위해 일을 해야 하다니, 얼마나 실망스러웠을까. 퇴근과 주말, 그리고 휴가만을 기다리며 출근하던 그때는 답답한 마음에 엉엉 울고 싶었을 것이다.

하지만 아틀리에를 운영하며 그 말을 들었을 때는 저렇게나 기쁜 말이었다. 월급을 위해서가 아니라 나를 위해 일하고, 좋아하는 일을 나를 위해 즐겁게 하면 돈이 따라온다. 그러니 은퇴를 언제 할 수 있을까 고민하지 않고 오래도록 일할 수 있기를 바란다. 영원한 현역으로 생의 끝날까지 계속해서 성장하고 싶다고 생각한다. 그렇게 두근거리는 마음으로 그 말을 한 번 더 곱씹어 보는 것이다.

결국, 세 사람이 해주었던 말은 거의 다 잊혔고 정확히 맞아떨어진 것도 없는 것 같지만, 이 말만큼은 여전히 기억하고 있다. 내 삶의 마지막이 되어서야 확인하게 될 그 말이 혹시 정말이었다면? 그분 참 용한 사람이니 여기저기 알려 주어야 할 텐데, 아무래도 방법이 없겠지!

* * *

'아틀리에 봄' 수업은 보통 인스타그램과 블로그를 통해 직접 예약을 하고 오는 경우가 많지만, 원데이 클래스들이 모여 있는 플랫폼 사이트를 통해 오는 경우도 있다. 그런 사이트들은 수강 후기를 남길 수 있게 되어 있는데 종종 수업 후에 남겨진 수강생분들의 후기를 읽다 보면 마음이 따뜻해지곤 한다.

하트와 웃는 얼굴이 가득한 후기 글 안에 적힌 내 모습은 너무 괜찮은 사람이라서 어쩐지 쑥스럽기도 하고, 동시에 더 잘하고 싶다는 생각도 든다. 아름다운 그림이 담긴 하나뿐인 그릇을 만들기 위해 아틀리에를 찾는 사람들, 끼리끼리 모인다는 말이 생각날 만큼 하나같이 다정한 좋은 사람들이다.

꼼꼼히 가르쳐 주고 너무 어려워하지 않도록 도와주고, 무엇보다 이곳에 머무는 시간이 편안하고 즐거웠으면 하는 마음으로 새로운 사람들을 만난다. 그리고 시간이 조금 흐른 후에 그날에 대해 남겨 준 후기들을 읽으면 얼마나 기쁜지, 꼭 다시 갈게요, 라는 말이 이루어지기를 바라게 된다.

좋아하는
일이
삶이 되는 것

출근, 문을 열고 들어서면 가장 먼저 살피게 되는 꽃과 식물들. 추운 공기 가득한 곳에서 밤새 머리를 오므린 채 잠든 모습 그대로 나를 맞이한다. 히터를 켜고 음악을 틀고 커피물을 보글보글 끓이기 시작하면 공간에 온기가 돌고 어느새 꽃 머리가 활짝 열린다.

공간의 곳곳에 놓인 튤립, 백합, 카네이션, 이름은 모르지만 싱그러운 초록 잎사귀들까지. 걸음이 닿는 때마다 시선이 머물 때마다 가만히 바라보게 된다. 부드럽고 고운 이파리를, 노랗고 빨간, 분홍빛 꽃잎을 살며시 만져 본다.

창밖의 하늘과 구름이 움직이는 것을 바라보며 옅은 커피를 내린다. 종일 수업하는 내내 커피를 마실 테니 늘 너무 진하지 않게 만든다.

오늘도 시간이 느껴지는 나무 테이블 앞에 앉아 그릇 안에 그림을 담겠지. 아름다운 그림들만큼이나 그림을 그리는 손과 사람들이 둘러앉은 모습이 아름답게 느껴진다. 매일 보면서도 카메라를 꺼내 들게 되는 사랑스러운 장면. 함께 하는 시간 속에 웃음소리, 재잘거리며 사는 이야기들, 그렇게 부지런히 떠들면서도 멈추지 않는 그릇 위의 그리는 손들.

그리다가 조금 어려운 것을 마주하면 달콤한 것을 먹는다. 선물 받은 보석처럼 고운 색색의 캐러멜을 꺼내 놓고, 무슨 맛이 좋아요? 하나씩 골라 보세요, 하면서. 입안 가득 달콤하고 부드러운 것이 퍼지면 어려운 부분도 다시 힘을 내서 잘 그려 나갈 수 있다.

그렇게 오전 오후 시간이 지나고 나면 어느새 창밖은 어두워지기 시작한다. 각자의 자리에 남기고 간 흔적들을 정리하며 조용해진 공간에서 나지막이 흐르는 음악을 따라 흥얼거린다.

종일, 좋아하는 일을 하며, 내가 만든 아름다운 공간에서, 좋은 사람들과 보낸다. 행복한 삶은 스스로 만들어야 한다고 누구도 대신해 줄 수 없는 거라고, 용기 내서 선택하기를 잘했다고, 이만큼 시간이 흐르고 직접 경험해 보고 나니 더욱 확실하게 말할 수 있다.

직장인으로 살았던 과거의 나, 아틀리에를 만들어 가는 지금 나, 둘 다 내가 선택한 삶이다. 삶의 대부분은 선택의 문제고 선택의 다음은 그것을 책임지는 것이니까. 자신의 삶을 오롯이 책임지기 위해서는 누구의 간섭도 없는 완전한 나만의 선택이 필요하다. 그래야만 핑계와 후회 없이 계속해 나갈 수 있다.

평생 이 일을 하고 싶다고, 행복한 순간에도 힘들고 지치는 순간에도 생각한다. 그 마음으로 하루하루를 산다.

안정적이고 위험이 없었던 직장인이었던 과거의 나는 평일을 견디고 주말만 기다렸다. 그렇게 은퇴할 날까지 삼십 년을 더 살아야 한다고 생각하니 너무 아까웠기 때문에 다른 선택을 했다. 위험에 대한 두려움보다 남아 있는 내 삶이 아까운 마음이 커져 버린 순간 안전한 길을 이탈할 용기가 생겼다.

지금은 바쁠 때면 휴일 없이 일주일을 일한다. 한 달, 두 달, 몇 개월을 매일 출근하는 때도 있었다. 아무리 좋아하는 일이라도 쉽지만은 않았지만, 누가 시켜서가 아니라 스스로 판단하고 결정했다면 생각보다 할 만하다. 그렇게 목표한 성과를 이루면 모든 결과가 전부 내가 이룬 것이라 충분히 만족스럽다.

일요일까지 수업을 하면 다들 조금 더 여유롭게 수업에 올 수 있다며 좋아한다. 그런 이야기를 들으면 나는 곧 행복해져서 주말이야 없으면 어때 하고 생각한다. 여기서 보내는 일주일의 하루, 몇 시간이 그들의 바쁜 일상 속에서 편안한 휴식이고, 설레는 순간이기를 바라니까. 아름다운 것으로만 채운 공간, 고운 그림들, 좋아하는 것으로 가득 찬 삶을 그리며 살아가다 보니 곁에도 좋은 사람들이 머문다.

종종 농담처럼 60년만 더 해야겠다고 말하지만, 진심으로 그렇게 바라고 있다. 언제까지나 이곳을 가꾸어 가야겠다고, 나의 가장 좋아하는 것이 당신에게도 따뜻한 기억으로 오래오래 남아 있을 수 있도록.

이제 퇴근할 시간, 깨끗해진 테이블, 음악이 멈추고 히터의 소음도 사라진다. 마지막으로 꽃들을 살피고 불을 끈다. 문이 닫히면 꽃은 다시 몽우리 져 잠들겠지. 내일 아침 다시 이곳으로 온다. 그 사실이 어쩐지 벅차서 퇴근길 발걸음이 느려진다.

***

    회사를 다니다 보면 종종 내부 교육을 위해서 매일 출근하는 장소가 아닌 곳으로 가야 하는 날이 있고, 외근을 나가는 일도 생긴다. 그런 날이면 일한다는 사실은 같지만, 근무시간에 회사가 아닌 장소에 있다는 사실이 꽤 신났었다. 바쁘게 일하고 있어야 하는 평일의 한낮, 시내 한복판 어딘가를 걷고 있거나 창밖을 틈틈이 바라보며 교육을 듣고 있으면 살짝 땡땡이치는 마음으로 즐거웠던 기억들.

    언젠가 그런 날들 중에 시청역 근처의 좋아하는 시립미술관으로 향하는 골목 앞에서 그런 생각을 했었다. 평일 낮에 미술관에서 어슬렁거릴 수 있으면 참 좋겠다, 마음먹고 오지 않아도 일주일에 몇 번이라도 기분이 날 때면 한 번씩 들려서 산책하듯 그림을 볼 수 있다면 좋을 텐데, 라고.

    아틀리에를 시작하며 그 생각은 현실이 되었고 이젠 특별할 것도 없는 일이지만, 회사를 다니던 시절에는 그게 그렇게 꿈같은 일이었다. 평일 오전, 조용한 미술관을 산책하듯 둘러보는 일, 관객이 몇 사람 되지 않는 조조 영화를 보고 출근하는 일, 서점에서 한두 시간 새로 나온 책들을 구경하다가 아틀리에로 향하는 아침.

회사를 그만두고 새로운 형태의 삶을 살기 시작하며, 꿈처럼 그려 보는 장면들도 새롭게 탄생했다. 그것들을 차례로 현실로 만들어 가며 살아가는 것이 지금의 삶.

모든 일은
좋기도 나쁘기도
하니까

스마트폰 주소록에는 천오백 명 정도의 이름과 번호가 저장되어 있다. 가족과 친구, 지인들을 제외한다 해도 천명 이상의 사람들이 남는다. 내 일을 시작하고 저장된 번호들, 7년간 '아틀리에 봄'에서 만나거나 만날 뻔했던 사람들 이름이다.

첫 수업날이면 어제까지 몰랐던 새로운 타인이 내 삶에 등장한다. 우리는 아름다운 공간에 마주 앉아서 그릇에 그림을 그리며 두 시간 반 정도 함께 머문다. 이렇게 시작된 인연은 오늘 하루로 마무리되기도 하고, 매주 만나는 사이가 되어 몇 개월, 혹은 몇 년씩 이어지기도 한다. 친구, 가족, 연인이나 직장동료를 데리고 와서 관계의 범위가 확장되는 경우도 많다.

이름, 나이, 사는 곳, 전공, 하는 일, 좋아하는 커피, 음식, 자주 듣는 음악, 영화, 책, 동네, 꿈, 옷 스타일, 취미생활, 운동, 인간관계, 가족들과의 에피소드, 즐겨 찾는 여행지, 가보고 싶은 나라… 우리는 천천히 서로에 대해 알아간다.

이토록 다양한 사람들을 매주 만날 수 있다는 사실이 좋다. 누군가는 그 상황이 스트레스가 되지 않느냐 묻기도 하지만 다행히 내게는 이것이 내 일의 장점 중 하나로 느껴진다. 매일 같은 곳에서 같은 사람들과 정해진 주제로만 이야기하던 회사생활과는 다르게 예상치 못한 사람들을 만나게 되는 이곳.

익숙한 직업들은 물론 처음 듣는 전공이나 직업, 다양한 나라에서 공부하거나 살았던 이야기, 드물게 유명인이나 연예인과 수업을 하는 일도 있었다. 신기하게도 잡지나 방송에서 인터뷰를 하거나 출연하는 경험을 하기도 했다. 아마도 직장인으로만 지냈다면 겪어 볼 수 없었을 새로운 상황들, 만날 수 없었을 다양한 사람들의 삶. 같은 그림을 그려도 모두 자신만의 색을 더해 완성하는 모습을 보는 희열과 이 모든 상황을 통해 나의 세계가 조금씩 더 확장되는 것이 좋다.

익숙한 패턴과 안정적이고 안전한 생활을 좋아하지만 그것은 개인적인 생활에만 적용된다. 비슷한 시간에 자고 일어나고 운동하고 식사하는, 일상의 규칙적인 흐름이 깨지는 것을 싫어하지만 일적인 부분은 전혀 다르다. 매번 같은 일, 익숙한 것의 반복은 편안함보다는 지루함으로 다가온다. 어느 지점에 멈춰 있는 것처럼 느껴지는 것이 싫다. 아마도 이런 성향 때문에 직장생활이 답답했던 것 아닐까. 삼 년, 오 년, 십 년, 매일 비슷한 일을 하고 익숙해지면 직책이 달라지고 옆자리로 옮겨 가는 생활, 바로 코앞에 있는 미래의 내 모습들이 나에게는 매력적이지 않았다.

회사를 그만두고, 나의 일을 하면서 좋은 점은 새로운 시도 앞에서 누군가의 동의나 허락을 구할 필요가 없다는 점이다. 물론 선택에 따른 결과는 오롯이 혼자 책임져야 하지만, 완전한 나의 의지로 한 일의 결과는 그것이 성공적이라면 한껏 기쁘고 실망스럽더라도 겸허히 받아들일 수 있다.

또 다른 좋은 점은 내 삶의 시간표를 스스로 짤 수 있다는 것. 출퇴근 시간, 일하는 위치와 장소, 공간의 분위기, 휴가 일정, 사소한 것부터 결정적인 것까지 모든 것을 내가 결정한다. 그렇게 나에게 가장 만족스러운 시간표를 섬세하게 구축하면, 일상의 행복지수가 급격히 향상된다.

직장인이야 당연히 회사에서 정해 놓은 출근 시간을 엄수해야 한다. 퇴근은 큰 조직의 특성상 매일 어떤 일이 생길지 알 수 없으니 약속된 시간이 지켜지지 않는 경우도 허다하다. 그럴 땐 퇴근 이후의 개인적인 일정은 뒤로 밀릴 수밖에 없다. 주말도 비슷한 처지의 직장인들이 몰려 영화관이든 전시장이든, 맛집이나 쇼핑몰도 여유롭게 즐기는 건 거의 불가능하다. 휴가 일정을 맞추느라 눈치를 보는 것도 그때는 당연하다고 여겼었다.

지금은 평일 아침, 고요한 미술관을 천천히 둘러보고 이런저런 아이디어를 떠올리며 출근할 수 있다. 가끔은 조조영화를 보고 출근해서 수업하며 오전에 본 영화 이야기를 나누기도 한다. 수업 사이의 틈새에 좋아하는 카페에 가서 한숨 돌리거나 근처를 산책하며 기분전환을 하고 오기도 한다. 출퇴근길 대중교통은 사람이 없는 시간대를 이용하면 되니 스트레스도 덜하다. 일 년 중 11개월은 열심히 일하고, 12월이면 2주 정도 방학을 하고 여유 있게 여행을 다녀온다. 누군가의 눈치를 보거나 어떤 것에도 쫓길 필요가 없다. 나는 오로지 나를 위해, 내가 가장 마음에 들어 할 형태의 삶을 디자인하는 것에 집중한다.

이직이나 은퇴를 고민할 필요 없이 나의 일은 자연스럽게 내 삶의 일부가 되어 간다. 월요병이나 야근 스트레스가 없는, 돈이 아닌 나를 위해 일하는 삶. 내가 원하는 모습으로 살아가고 있다는 사실은 민낯의 나를 사랑하는 것과 비슷하다. 나는 점점 더 나다워진다. 나는 자라서 내가 된다던 그 말이 아마도 이런 게 아니었을까.

이렇게 나의 일을 하는 것의 좋은 점이야 줄줄이 읊을 수 있지만, 그렇다고 안 좋은 점이 없는 것은 아니다. 세상일이란 늘 동전의 양면처럼 좋은 점과 나쁜 점이 함께 있기 마련이니까.

A부터 Z까지, 혼자서 만들어 가는 나의 일을 한다는 것은 동료나 상사, 나를 이끌어 주거나 보호해 줄 조직이 없다는 뜻이다. 누구와도 의논하거나 책임을 나눠질 수 없다는 사실은 종종 나를 고독하게 만든다.

공간을 찾기 위해 부동산을 돌아다니고 계약서에 도장을 찍는 일부터, 공간을 꾸미고 쓸고 닦는 일, 작은 의자 하나를 사는 것까지도. 새로 지은 건물에 입주했을 때, 바닥이 갈라지고 창문에서 물이 새는 바람에 한 달 내내 건물주, 공사를 진행한 현장소장과 이런저런 머리 아픈 과정을 거쳐야 했다. 한파가 몰아친 겨울에 화장실이 동파되어 한

동안 전전긍긍하기도 했었다. 오래된 건물에 입주했을 때는 입구 문이 내려앉아서 창문으로 넘어 들어가 문을 연적도 있었다. 그전까지는 상상도 안 해 본 일들이 벌어지고 그걸 해결해야 하는 건 오로지 나였다. 이사를 할 때마다 셀 수 없이 많은 그릇을 포장하고 정리하는 일을 하다 보면 하루 이틀쯤은 시간이 어떻게 지나가는지도 모른다.

매출이 좋은 달도 안 좋은 달도 월세는 꼬박꼬박 내야 하고 세금도 제때 챙겨야 한다. 단 1원도 그냥 들어오는 일이 없으니 끊임없이 일을 만들어 내야 한다. 회사는 일이 주어지지만 내 일을 시작하는 순간부터는 내가 움직이지 않으면 정말 아무 일도 일어나지 않는다. 사장이자 직원이니 나를 대신할 사람이 없어서 감기라도 걸리면 큰일이다. 엄살 부릴 여유 따위는 없으니 조금만 몸에 신호가 와도 당장 병원으로 달려가고 몸에 좋다는 음식도 챙겨 먹는다. 매번 새로운 작품, 수업에 대한 아이디어를 생각하고 또 생각한다. 끝없이 읽고 보고 듣고 쓰는 것은 이제 일상이고 습관이다. 아침에 눈떠서 밤에 눈감을 때까지 일에 대한 생각을 멈출 수 없다. 가끔은 꿈에서도 생각한다.

회사에서는 어쩌다 하루 정도는 일이 손에 안 잡혀 딴 생각하며 시간을 보내도 티가 잘 나지 않고 약속한 월급은 정해진 날짜에 통장에 입금된다. 가끔은 반차를 내고 쉴 수도 있다. 아무리 힘든 하루를 보냈어도 퇴근하는 순간부터는 어느 정도 일에 대해서 내려놓을 수 있다. 회사가 잘되면 좋지만 어려워져도 내 역할과 자리에 영향이 없다면 그렇게까지 크게 와 닿지는 않는다. 내 일을 하면 작은 변화도 내 삶에 영향을 미친다. 일은 삶의 일부가 아니라 거의 대부분이 되어 버린다.

내가 원할 때, 원하는 만큼 여유롭게 다녀오는 휴가는 그만큼 미리 준비해 놔야만 가능한 일이다. 한 달을 쉰다면 수입은 없지만, 월세는 그대로니 제로가 아니라 마이너스다. 그런 사실에 대한 부담감도 견딜 수 있게 된 후에야 가기 시작한 휴가다. 주말에도 일하는 내가 긴 휴가를 가기 시작한 것은 5년 차가 되었을 때부터였으니까.

형광등이 나가거나 벌레가 나오는 소소한 문제들도 모두 내가 처리해야 하는 일이다. 나는 내 공간을 꾸미면서 그것들을 처음 해봤다. 회사 다닐 때까지야 집에서는 가족이, 회사에는 당연히 손댈 일이 없었으니까. 매일같이 구석구석 쓸고 닦는 것도, 화장실 청소를 하는 것도, 분리수거와 쓰레기통을 비우는 일도 내 것이다.

1층에 아틀리에가 자리했던 이태원에서 문 앞을 가로막

고 주차해 놓은 몰상식한 사람과 대치하는 것도, 젊은 여자라는 이유로 예의 없이 구는 어떤 사람들과 마주했을 때 내 것을 지켜야 하는 것도, 드물지만 상식적이지 못한 요구를 하는 사람이 수업에 왔을 때 담담히 처리해야 하는 것도, 모든 것이 나의 일이다.

대기업이라는 보호막, 내밀면 고개를 끄덕이게 하던 명함, 따박따박 오르던 월급, 전부 내던지고 선택한 내 일에 포함된 안 좋은 것들.

아직도 주변의 어떤 이들은 내게 사서 고생이라고 말한다. 왜 다들 좋다는 걸 너는 싫다고 나와서 사서 고생이냐고. 그런 말을 들을 때면 한숨이 나오긴 하지만, 나는 아직 후회한 적이 없다. 몇 번을 다시 생각해 봐도 결정적 순간으로 돌아간다면 나는 같은 선택을 하고 싶다.

매일 아침 출근길, 아직 회사에 도착하기도 전에 퇴근하고 싶었던 그 안전한 삶을 삼십 년쯤 견디는 것보다는, 좋아하는 꽃을 한 아름 안고 설레며 출근하는 예측불허의 이 삶이 더 좋다. 출근이 설레고 퇴근이 아쉬울 수 있다는 걸 알아버렸으니 그전으로는 돌아갈 수 없겠지.

아무리 좋은 옷, 비싼 옷이라도 남의 옷을 걸친 듯 어딘지 어색하고 불편하다면, 계속 입고 있을 필요가 있을까?

내가 가장 나다울 수 있는, 편안하고 자연스럽게 나를 드러
내는 옷을 걸치고 아름답고 즐겁게 살아가고 싶다.

* * *

"작가님 혹시 금수저세요?"

경리단길 '아틀리에 봄'이던 시절에 했던 JTBC와의 인
터뷰 질문 중 하나였다. 소위 대기업을 그만두고 혼자서 아
틀리에를 운영하며 살아가는 삶이라니, 돈 걱정이나 생활
에 대한 걱정을 안 할 수 있었기에 가능한 선택 아니냐는
질문. 조금 멀리서 바라보면 그렇게 보일 수도 있겠다.

인스타그램에 보이는 내 삶은 늘 아름다운 것들에 둘러
싸여서, 일이라고는 그릇에 고운 그림을 그리는 것뿐인 것
같고, 좋은 곳만 찾아다니며 여유롭게 지내는 것처럼 보인
다. 가끔은 내가 들여다봐도 그렇게 보이니까.

그런 모습도 사실이지만, 그것은 내 삶의 절반이고 나머
지 절반은 물 위에 떠 있는 새들의 물속에 숨겨진 두 발처
럼 분주히 움직이고 있다. 금수저였다면 월세 같은 걸 걱정
하고 있지는 않았겠지! 우아한 모습으로 물 위에 둥실 떠
있기 위해서는 한순간도 두 발을 움직이는 것을 멈출 수

없으니까, 삶의 절반을 여유와 아름다움으로 채우고 나머지 절반은 고독과 절실함으로 채운다. 7년째 그 사이에서 균형을 맞추는 일을 훈련하듯 몸에 익혀 간다.

금수저였다면 좋았을까? 당연히 좋은 점이 수두룩했을 테지만, 꼭 무슨 수저가 되지 않아도 내가 생각한 형태의 삶을 살아가는 것은 가능하다. 이렇게 살고 싶다는 마음이 끓는점에 도달해서 부글부글 넘치는 순간, 새로운 도전이 실패하면 어쩌나 하는 두려움도 녹아내린다.

지긋지긋하던
'회식'이
그리운 날

최근 술자리에서 '주류인지 비주류인지' 묻는 말에 잠시 대답을 머뭇거렸다. 그 자리에서 질문의 뜻은 술을 좋아하고 잘 마시는지, 혹은 아닌지를 빗대어 묻는 농담이었지만, 어쩐지 그 문장이 한동안 남아 있었다.

나는 주류일까 비주류일까? 생각해 보니 주류였던 과거를 가진 비주류랄까, 술에도 삶에도 딱 그 모양새다. 화려했던 주류 인생을 자체 마감하고 지금은 소박하게 비주류로 살아가고 있다고나 할까.

아직 직장인으로 분류되던 시절, 술도 술자리도 영 재미가 없었다. 회식이야 업무의 연장처럼 느껴지기 마련이었고 마시는 술도 소주, 맥주, 소맥 정도였으니, 그때의 술은 회식 자리에서 고기랑 먹어도 맛이 없고, 워크숍이나 체육대회 같은 주말을 빼앗긴 행사로 산 밑에서 먹어도 맛이 없었다. 접대 비슷한 자리에서 비싼 음식과 비싼 술을 얻어 마셔도 집에 빨리 가고 싶은 마음을 달래기에는 턱없이 부족했다.

술자리를 즐기고 입맛에 맞는 술을 마시게 된 것은 회사를 그만두고 완전한 자유인이 된 후, 마시고 싶을 때, 마시고 싶은 술을, 마시고 싶은 사람들과 함께 하게 되면서부터다. 다양한 수제 맥주와 아름다운 라벨을 가진 와인들, 각 지방의 막걸리, 향과 색부터 매력적인 위스키, 여행지에서 만난 그 나라에서만 만날 수 있는 술을, 그 넓고 깊은 맛의 세계를 알게 되면서. 모든 음식에는 그와 잘 어울리는 술을 곁들이면 한층 더 맛이 살아난다는 것도 경험해 보고 고개를 끄덕이게 되었다.

재미없던 회식도 넘치도록 겪어 보고, 신나게 마시고, 다음 날 또 마시러 가는 자유인의 생활도 원 없이 즐기고 나니, 나에게 딱 맞는 게 무엇인지 정확히 알게 되었다. 그렇게 스스로 선택한 비주류로 사는 것은 과하지 않게, 적당히, 흐트러지지 않는 일상의 단정함이 마음에 드는 날들이다.

다시 주류로 돌아가고 싶은 마음은 없지만, 가끔 그 시절을 떠올려 보면 충분히 겪어 보았기 때문에 미련이 없구나, 하는 생각이 든다. 커다란 조직의 구성원으로, 다 같이 하나의 목표를 위해 움직이던 감각이나 이름을 다 외울 수도 없을 만큼 다양한 술과 술잔을 부딪힌 사람들과의 흥겨운 기억들까지도 지금의 내가 되기까지 필요한 시간들이었으니까.

한두 해 전부터는 내추럴 와인을 기회가 닿는 대로 마셔 보고 있다. 와인마다 개성이 강해서 새로운 것을 만나게 될 때마다 설렘이 더해져 즐거움은 배가 된다.

웃픈 것은 그렇게도 싫었던 회식이 가끔, 아주 가끔은 그리운 날이 있다는 사실이다. 일하다가 중요한 결정을 앞두고 함께 의논하고 의지할 동료가 없다는 사실이 쓸쓸할 때, 혼자 일하는 사람의 고독이 거대하게 밀려오는 날에는 자체 회식을 한다. 평소처럼 친구들과 분위기 좋은 곳에서 와인을 마시는 대신, 삼겹살처럼 굽는 고깃집에 가서 소주와 맥주를 시켜 본다. 친구들과 어색하게 소맥을 만들어 마시며 떠들다 보면 위로가 되기도 하니까.

지긋지긋하던 '회식'이 그리운 날

　회사생활은 꼭 일만으로 채워진 것은 아니라는 걸, 다녀 보고 나서야 알았다. 조직 안에 구성원으로 속하기 전에는 알 수 없던 것들이 여기저기에 숨어 있었으니까.

　아마도 분기마다 했던 것 같은 기억 속 봉사활동은 당연 하다는 듯이 봉사활동으로만 끝나지는 않았다. 황금 같은 주말 이틀 중 하루, 토요일 아침에 모여서 봉사활동을 하고 는 오후부터는 꼭 뒤풀이가 이어졌다. 평일과 비슷한 저녁 시간이 되어서야 퇴근할 수 있었던 슬픈 토요일.

　아침 일찍 모여서 여러 가지 경기들을 하던 체육대회는 너무 당연하다는 듯 술자리도 함께 시작되었다. 나는 아침 9시부터도 술을 마실 수 있다는 것과 사람들이 취중에도 피구를 하고 달리기를 할 수 있다는 사실이 신기했다. 막내 라는 이유로, 가장 젊다는 이유로, 이런저런 경기에 참여해 야 했지만 안 그래도 운동능력이 훌륭하진 못한 내가 술까 지 마셨으니 좋은 성적을 내지는 못했던 게 확실하다. 체육 대회의 마지막 하이라이트는 상품 추첨이었는데 큰 가전 제품 같은 것이 걸려 있어서 의욕적으로 탐내는 사람들이 꽤 있었다.

오후 세 시쯤 되자 대부분은 얼큰하게 취해 있었고 경기도 일단락되어 마지막 상품 추첨만을 남기고 마무리되어 가는 시점이었던 것 같다. 누가 가자고 했는지는 기억이 안 나지만 우리 팀 선배와 다른 팀 팀장님을 따라 슬쩍 빠져 나왔던 것 같다. 술기운과 피로가 뒤섞인 채로 서둘러 집으로 가는 지하철을 탔는데 그 안에는 주말이라고 한껏 차려 입은 화사한 얼굴의 사람들이 가득했다. 그 사이에서 술 냄새와 땀 냄새, 거기다가 촌스러운 단체티까지 입은 세 명의 회사원은 문 쪽에 슬그머니 찌그러져 창밖으로 보이는 한강만 멍하게 바라보고 있었다.

지긋지긋하던 '회식'이 그리운 날

다양한 일의
한가지 공통점
'사람'

　처음엔 누구나 실수하기 마련이다. 아무리 긴장하고 집
중해서 일을 해도 아직 몸에 익지 않은 탓에 자신도 모르
는 부분을 놓치기도 하니까. 실수는 반복하지 않으면 된다.
처음부터 완벽한 사람이 어디 있을까.

　돌아보면 누구나 무수한 실수의 기억들이 있을 테지만,
우리는 그 순간들 덕분에 한 뼘 더 성장하기도 하고, 실수
를 만회하는 과정에서 또 다른 관계나 기회를 얻기도 한다.
인류의 성선설에 기울게 되는 뭉클한 순간도 있고 성악설
에 무게가 실리는 역시나 하는 경험도 있다.

　은행에서 일할 때, 예민해질 수밖에 없었던 이유는 당연
히 돈을 만지기 때문이다. 불특정 다수의 돈이 이러저러한
이유로 오가는 곳. 사람들은 자신의 주머니에서 나온 돈은

단 1원도 허투루 하고 싶어 하지 않는다. 그것은 당연한 일이니, 실수가 없어야 한다. 직원들은 자신이 한 일을 책임지겠다는 약속과 함께 그 자리에 앉아 있는 것이니까.

딱 한 번, 돈이 비었던 적이 있다. 한 달간 연수원에서 열심히 배우고 공부하고 시험 보고 그렇게 발령을 받아서 현장에서 일한 지 몇 개월 되지 않았던 그야말로 병아리 신입이었던 때. 그날도 (4시에 문을 닫고 퇴근하는 것이라 오해하는 이들도 있겠지만, 문을 닫은 뒤부터는 고객을 대하는 업무가 아닌 각자 맡은 업무가 새롭게 시작되는 시간이다) 문을 닫았으니 우선 하루 동안 만졌던 금액의 정산을 시작했다. 그렇게 끝자리까지 딱 떨어지게 정산을 마치고 나서야 자신의 업무를 시작할 수 있는데, 그날은 돈을 맞추다가 머리가 점점 하얘졌다. 무려 25만 원이 비었으니까. 9시부터 4시까지, 그날 하루를 몇 번이고 돌려 보기 시작했다. 컴퓨터의 흔적을 되짚고, 종일 메모한 종이 위의 숫자를 다시 또다시 봤다. 찾지 못한다면 내 월급으로 채워야 하는 25만 원이라니, 이런 실수를 했다는 게 어이없고 화가 났다.

그렇게 한 시간 정도 찾고 또 찾다가, 드디어 이상한 부분이 눈에 띄었고 마침내 25만 원의 행방을 찾아낼 수 있었다. 매일 오는 빵집 사장님과의 업무에서 실수가 있었다.

찾았다는 안도감도 잠시, 이제 빵집에 찾아가서 이런저런 실수가 있었으니 25만 원을 돌려 달라 말해야 하는데, 만약 모른다고 하거나 그럴 수 없다고 한다면, 다른 뾰족한 방법이 없었다.

찾았으니 다행이라는 마음과, 돌려받을 수 있을까 걱정스러운 마음이 반반, 그렇게 무거운 발걸음으로 빵집을 향했다. 상황을 설명하기 위해 미리 한 전화 통화에서는 무덤덤한 목소리에서 감정이 느껴지지 않았는데, 내 실수니 고객을 탓할 수도 없었다. 호되게 수업을 치르는 기분이었던 그날의 저녁.

잔뜩 굳은 표정으로 가게 안으로 들어서자 빵집 사장님은 통화할 때와 비슷한 무덤덤한 목소리로 한두 마디 하고는 25만 원을 건네며 모카빵 한 봉지를 툭 얹어 주었다. 나는 이 상황이 해결되었다는 것이 마음 놓여서 감사하다는 인사만 여러 번 하고 서둘러 나왔다. 한 손에는 사라진 줄 알았던 25만 원, 그리고 반대쪽 손에는 모카빵 한 봉지, 돌아가는 길은 어떤 기분이었는지 잘 기억이 나지는 않는다.

빵집 사장님이나 주유소 사장님, 주변 회사들의 회계 담당 직원, 관공서 직원들, 은행이라는 곳의 특성상 매주 혹은 거의 매일 만나는 고객들이 있었다. 단순히 일처리를 위해 만난 사이였지만, 한 해 두 해 얼굴을 마주하는 시간이 쌓이다 보니 사람 대 사람이 되는 순간들도 있었다. 매번 통장과 초콜릿 혹은 커피를 같이 건네주던 분, 실수한 나에게 모카빵을 쥐어 주고, 최계장 언제 대리 되냐고 껄껄 웃으며 농담을 하던 분, 하루에 십 분, 이십 분, 마주 보고 앉아서 별거 없는 일상 이야기를 나누던 것은 이제와 생각해 보니 아틀리에서 수강생분들과 함께 하는 시간과 다른 듯하면서도 닮은 것 같다.

어디서 무슨 일을 하든지, 결국은 사람과 일하고, 사람을 대하고, 사람을 위해서 혹은 사람의 마음을 얻기 위해서 움직이기 마련이다. 과거에 일했던 은행과 증권사, 영화관에서도, 회사를 그만두고 시작했던 '아틀리에 봄'에서도, 모두 다른 일들 사이에 딱 한 가지, 그 안에 '사람'이 있다는 사실만이 같다.

***

회사 근처에 맛있는 떡볶이와 어묵, 튀김을 파는 작은 포장마차가 있었다. 야근을 하던 날, 출출했는지 사수가 메신저로 잠깐 나가서 떡볶이 먹자며 말을 걸었다. 다 같이 모여서 먹자니 시간이 더 늘어져 퇴근만 늦출 것 같아서 그랬던 거겠지.

바로 오케이를 외치고 우리는 시간 차를 두고 나가서 5분 뒤 떡볶이 가게에서 만나기로 했다. 자연스럽고 은밀하게, 탈출은 성공적이었고, 10분 만에 떡볶이 한 접시를 후딱 해치우고 자리로 돌아왔지만, 과장님에게 딱 걸리고 말았다.

그게 뭐 별거라고, 솔직히 이제와 생각해 봐도 아무것도 아닌데, 과장님은 그게 그렇게 서운하셨는지 한참을 뭐라고 했다. 너넨 맛있는 거 먹을 때 언니 생각은 안 나니?, 라면서… 아니 갑자기 왜 언니가 나오지… 언제부터 과장님이 언니가 된 거지… 뭐 그런 생각들을 하며 한쪽 귀로 듣고 한쪽 귀로 흘리던 신입사원은 빨리 퇴근하고 싶어서 발만 동동 굴렀다.

하여튼 그때 그런 생각도 했던 것 같다. 나이 먹는다고 어른도 아니구나… 어른들도 떡볶이에 서운해하고 그런 거구나…그렇게 언니이자 과장님은 한동안 토라져 있었고 우리는 떡볶이를 멀리했다. 야근도 멀리하고 싶었는데 뜻대로 되진 않았지만.

일곱 번의 봄,
그 안에 담긴
사람들

    종일 제작할 가구의 디자인을 그려 보고, 티크, 참나무, 천연 오일과 스테인, 재료별로 달라지는 견적들을 셈하며 보냈다. 매번 아틀리에 이사를 할 때마다 하는 일, 몇 달간 부동산을 돌아다니고, 고민하고 다시 가보고, 이삿짐 계약을 하고 그릇을 포장하고 풀고 정리하고, 가구를 사거나 버리고, 새로운 공간을 어떻게 꾸밀지 구상하고, 오픈 파티를 하고 다시 한 번 파이팅을 외치며 새로운 공간과 동네에 적응하는 것.

    이제 7년 차, 아틀리에를 시작하고 여러 번 해본 이사지만 익숙해졌다기보다는 매번 새롭고 힘이 든다. 시간이 쌓여 가는 만큼 챙겨야 할 것이 더 많아졌기 때문일까, 혼자서 모든 것을 결정하고 책임지는 것, 외롭고 고독한 순간들이 반복된다. 그런데 왜 나는 새로워지기를 멈추지 않는 걸까? 적당히 머무르지 않는 걸까.

가지고 싶은 공간은 진작에 머릿속에 그려 놓았지만, 그것을 현실로 꺼내 놓기는 쉽지 않았다. 커다란 창이 있는 공간, 창밖의 하늘이 시원하게 펼쳐지고 햇빛이 공간을 가득 채우는 곳, 노을이 지는 것을 충분히 즐길 수 있는 곳을 갖기까지 꼬박 4년이 걸렸다. 원하는 디자인으로 직접 짜맞춘 가구들, 오래된 빈티지 의자와 조명들로 공간을 채우기까지 6년이 걸렸다. 그럼에도 아직 너무 많은 것들이 부족하다. 가끔은 너무 더딘 속도가 답답하지만 그래도 조금씩 나아지고 있다는, 머릿속에 그려 놓은 공간에 다가가고 있다는 사실이 계속해서 나를 움직이게 한다.

직장인으로 시작한 사회생활, 그리고 이십대 내내 시행착오를 거친 후에야 '아틀리에 봄'이라는 이름을 지었다. 스물아홉, 처음 아틀리에를 시작하고 두 번째로 얻었던 이태원 공간은 너무 작아서 넣을 수 있는 것이 별로 없었는데, 말 그대로 투명한 성냥갑 같은 공간에 테이블과 의자를 놓고 수업을 했다. 그 후로 이태원에서 4년간, 연남동에서 2년을 꽉 채우고, 을지로로 이사를 오기까지 시간은 어떻게 지나간 건지 모를 만큼 순식간에 흘렀다.

많은 것을 보고 듣고 꿈꿔 오느라 눈은 높은데 주머니는 가벼워서 언제나 그때의 최선을 선택하면서도 타협할 수밖에 없었다. 그 사실이 늘 아쉽고 미안했지만, 완성된 새로운 공간에 와준 사람들은 나만큼 이곳을 좋아하고 아껴주었다. 스물아홉부터 서른다섯까지, 그렇게 함께 쌓아 온 시간과 애정으로 길들여진 물건과 공간, 그리고 '아틀리에 봄'이라는 이름.

귀찮고 힘들고 누가 대신 좀 해줬으면 싶다가도 사람들의 그런 모습을 보고 있으면, 단순한 나는 어느새 피곤함은 잊어버리고 행복해지고 만다. 그러면 가만히 있지 못하고 또다시 꿈꾸기 시작한다. 다음에는 더 아름다운 공간을 만들고 싶다고.

그렇게 가꿔 온 아틀리에에서 매일을 보낸다. 빛이 가득 드는 시간이면 어디에든 카메라를 들이대고 싶어지는 날들, 테이블 위에 놓인 작업 중인 글라스를 통과하는 따뜻한 색의 빛, 손을 가져다 대면 실크처럼 부드럽게 만져질 것 같은 노을. 해가 지면 좋아하는 둥근 조명에 불을 밝히고 둥그런 달 여섯 개가 따스한 불빛을 머금으면 낮의 공간과는 사뭇 다른 분위기가 펼쳐진다. 매일 같은 공간, 같은 장면을 다르게 느끼는 곳. 날짜가 바뀌면 해가 드는 시간도 조금 자리를 옮겨 지구의 움직임을 알게 하는 곳.

수업을 마치고 테이블을 정리하다가 문득 동그란 잔 바닥 모양의 흔적이 눈에 들어온다. 다양한 색의 물감 가루가 홈이 파인 사이사이에 남아 있다. 오일을 쏟은 자리는 짙은 색으로 변해 있고 무엇에인지 알 수 없는 것에 긁힌 흔적도 여럿 보인다. 나뭇결이 그대로 드러나 있는 테이블 위 크고 작은 얼룩들을 천천히 만져 본다.

언제였더라, 누군가 커피를 쏟아서 다 같이 호들갑 떨며 닦아 낸 적이 있었지. 와인을 따르다가 흘린 것은 여러 번, 케이크 부스러기와 크림이 떨어지기도 했고. 셀 수 없는 오랜 시간의 흔적들이 나뭇결과 어우러져 자연스러운 무늬를 만든다. 우리가 이곳에서 함께 했다는 증거들.

혼자서 모든 것을 결정하고 책임지느라 외롭고 힘든 순간들이 있다고 징징거리고 싶다가도, 함께 하는 이들을 떠올리면 혼자가 아니라는 생각이 든다. 돈을 받고 그림을 가르치겠다며 이곳을 시작했지만 나는 그림 그리는 기술만 주고 싶지 않았고, 내게 배우러 온 사람들은 돈만 건넨 것이 아니었으니까.

우리는 아틀리에에서, 어느새 많은 것을 주고받고 또 함께 만들어 간다. 아름다운 그림이 담긴 그릇들, 맛있는 음식들, 사는 이야기와 의도 없는 웃음, 잔잔한 호의와 은근한 애정이 자리하는 곳. 매일 수업을 마치고 홀로 뒷정리하며 하루를 돌아보면 지친 몸과 달리 마음은 다시 기지개를 켠다.

함께 하는 사람들, 함께 했던 사람들, 언젠가 다시 돌아올 사람들, 여전히 우리는 안부를 묻고 얼굴을 떠올리며 이곳에서 만들었던 그릇을 꺼내 음식을 담아 내는 순간마다 미소 짓는다. 숨 가쁘게 흘러가는 일상 속에서 언제라도 돌아올 곳이 되어 주고 싶어서, 우리가 다시 만날 수 있을 거라는 믿음 때문에 이곳을 가꾸는 매일이 여전히 따뜻하다.

나 혼자 쌓아 온 시간에 우리가 함께 만들어 온 것들이 더해져 아틀리에는 조금씩 느리지만 앞을 향해 나아간다.

어딘가 당신이 자리한 그곳에서, 우리가 함께 한 시간과 이야기가 담긴 그릇들을 아름답게 쓰고 있을 거라 상상하면 아무리 이사가 고되고, 힘든 순간들이 있고, 외롭거나 지치는 일이 생겨도, 나는 계속하고 싶어진다.

해가 가득한 공간, 마주 보고 앉았던 테이블, 익숙한 물감과 오일 냄새, 나지막이 흐르는 음악과 터져 나오는 웃음소리, '아틀리에 봄'이 늘 그 자리에 있다는 사실.

일곱 번의 봄, 그 안에 담긴 사람들

사회적 존재인 사람은, 타인과 관계를 맺으며 살아갈 수밖에 없다. 그게 자연스러운 사람의 속성이니까. 하지만 세 사람만 모여도 둘 중 누가 더 친한 사람인지 구분하고, 셋 중 누군가는 리더가 되는, 서열 혹은 라인을 추구하는 사람들과 함께 속한 집단은 어쩐지 피곤하다.

무리 지어 다니는 것이나 단체로 무언가를 하는 걸 그다지 좋아하지 않는 성향이라 더욱 그랬을지도 모르지만, 회사생활을 하면서 불쑥 놓이는 편을 나누는 상황이 참 불편했었다. 차장님도 부장님도 나에겐 별반 다르지 않은데 어째서 둘 중 누군가를 선택해야 하는지 이해도 되지 않았고, 그렇게 어느 라인을 타느냐에 따라 회사생활이 영향을 받는다는 것도 이상하다고 생각했다.

게다가 종종 어떤 일을 부탁받을 때, '우리가 남이야?'라는 질문을 들으면 머릿속에는 물음표가 가득 떠올랐다. 그럼 남이 아니면 뭘까 하는, 이 회사 안 다녔으면 평생 이름도 존재도 몰랐을 아주 확실한 남이, 물어보는 질문 앞에서 고개를 갸우뚱했던 기억. 솔직히 질문을 하는 사람도 다른 누군가 자신에게 물으면 나와 비슷한 생각을 했을 것 같은

데…

일하자고 모인 사람들로 구성된 회사라는 조직, 회사에서 동료들과는 일만 하는 게 좋겠다. 가족은 집에 충분히 잘 있으니 굳이 회사에서까지 가족을 늘릴 필요는 전혀 없으니까.

문득 드는 무서운 생각 하나, 혹시 아틀리에 식구들도 내가 '식구'라고 말하면 머릿속 가득 물음표가 채워지는 건 아닐까? 나는 정말로 식구라고 생각하는데…

사장님 겸
직원의
쉬는 시간

한숨 돌리는 시간이 필요할 때, 가는 곳이 몇 군데 있다. 적당히 익숙하고 편안한 곳, 친절한 주인이 있고 공간과 음악, 커피가 내 취향에 맞는 그런 곳을 꼭 만들어 둔다. 내가 만든 공간에서 종일, 수업시간 외에는 혼자 일하는 사람이라 반드시 또 다른 공간이 필요하다. 틈틈이 기분 전환을 해야 무거워지지 않을 수 있다.

이태원, 연남동, 을지로, 늘 새로운 동네에 도착하면 한두 달쯤은 골목 구석구석을 걸으며 정을 붙이려고 한다. 출퇴근길 걸으며 마주치는 가로수와 벽돌로 쌓은 담 위로 흘러내린 꽃들을 눈에 익힌다. 시간을 적립하며 몸과 마음을 천천히 이완시킨다. 그렇게 걷고 또 걸으며, 발견한 공간들 중 마음에 드는 몇 곳을 쉬고 싶을 때 찾아간다.

적당히 몸을 움직이는 시간도 가능하면 따로 만들어 둔다. 출퇴근길을 걷는 것도 운동이기는 하지만, 머릿속을 깨끗이 비우고 몸의 움직임에만 집중하는 시간은 아니니까.

그동안 시도해 본 운동들, 요가와 필라테스, 발레 수업도 좋았다. 일주일에 두세 번쯤, 비용과 시간을 들여서 몸을 움직이다 보면 앉아서 작업하느라 뭉친 근육들이 풀어지고 일 생각으로 가득한 머리도 정리가 된다. 몸을 쾌적하게 관리하는 것이 선행되어야 마음도 어수선해지지 않는다.

선생님의 디테일한 지시에 따라 몸의 한 부분 부분에 온 신경을 집중해서 움직이다 보면 다른 생각이 비집고 들어올 틈이 없다. 종일 일에 대한 생각을 멈추지 않는, 멈출 수 없는 나에게 꼭 필요한 시간이다.

이루고 싶은 목표, 이달 월세, 수업, 현재와 미래에 대한 걱정과 기대를 다 내려놓고, 머리와 마음이 아닌 몸을 움직이는 것에 집중하는 시간. 지난번보다 조금 더 수월하게 동작을 해내면 순수하게 기뻐하는 시간. 삶과 자신과 일이 동일시되어 버린 나를 위한 휴식 시간.

수업의 전후 틈새에, 출퇴근 전후 시간에, 좋아하는 공간에 가서 하루를 정리하며 글을 쓰거나 책을 읽는다. 여행

계획을 짜거나 얼굴을 익힌 그곳의 주인과 이야기를 나누기도 하고 가끔은 멍하니 밖을 구경하며 공간을 흐르는 음악을 듣는다. 일과 상관없는 것을 보고 듣고 생각하며 잠시 시간을 보낸다. 그렇게 한 번씩 열기를 식히고 나면 새로운 공기가 유입되고 그런 시간에 괜찮은 아이디어를 떠올리기도 한다.

혼자서 일하며 잘 쉬는 것, 과부하되지 않도록 열기를 식히는 것은 중요하다. 누구도 나를 대신할 수 없으므로, 몸이든 마음이든 감기라도 걸리면 힘들어지는 것은 사장이자 직원인 나니까. 스스로를 채찍질하거나 관리 감독하고 잘 돌봐야 하는 것도 나다.

사장님의 복지는 스스로 챙기는 것 말고는 방법이 없다. 게을러지지 않도록, 오버하지 않도록, 균형을 잡는 것에 신경을 쓴다. 내가 여러 명인 것처럼 역할을 나누어 서로를 돌보게 하는 것에 익숙해지려고 노력한다.

그럼에도 솔직히 쉬는 시간마저 이런저런 생각들을 틈틈이 한다. 이곳의 어떤 점이 좋은지, 그걸 아틀리에에는 어떻게 적용할 수 있을까, 나는 무엇을 어떻게 더 잘할 수 있을까, 하고 싶은 걸까, 새로운 게 필요한 건 아닐까, 이제까지 해온 것들을 돌아보고 앞으로를 고민한다. 누구도 대신 답해 줄 수 없는 질문들을 내 앞에 나를 앉혀 놓고 끝없이 반복한다.

그러고 보니 회사에 다닐 때는 때 되면 건강검진도 시켜 주고, 월급도 챙겨 주고, 점심시간이며 야식과 간식, 문화생활, 휴가와 명절, 생일과 경조사까지 살뜰히도 챙겨 주었었네. 앞으로는 하나뿐인 직원에게 좀 더 잘해 줘야겠다는 생각이 든다. 악덕 사장은 되지 말아야지.

***

회사 내부 메신저를 업무시간에는 사용하지 말라는 지침은 자주 내려왔지만, 그것만큼은 아무도 지키지 않는 것 같았다. 대화 내용은 전부 필터링되고 있으니 절대 이상한 소리는 해서 안 된다는 무시무시한 소문도 있었지만… 다들 틈만 나면 엄청나게 빠른 속도로 타자를 치고 있는 걸 보면 소문도 별 의미가 없었던 것 같다.

같이 입사하고, 연수원에서 한 달 내내 한 조로 생활했던 동기들과는 마치 고등학생 시절 단짝처럼 종종 모임을 가지곤 했었다. 신입이 당연히 그렇듯 하루하루 배우는 것도 많고 에피소드도 많아서 모이면 수다는 끝이 없었다.

동기들끼리 퇴근하고 모이거나 연말이라고 호텔을 예약해서 1박을 하거나 그렇게 우르르 모일 때면 가장 많이 나오는 주제는 언제 퇴사할 것인가에 대해서였다. 돌아가면서 하는 이야기를 듣다 보면 당장이라도 그만두고 싶은 이유가 수백 가지였지만, 솔직히 그중 누구도 그게 진심이라고는 생각하지 않는 분위기였다.

친한 동기와 단둘이 만나면 같이 퇴사하고 꽃집 혹은 빵집을 하자는 계획을 세우는 것이 단골 소재여서 각자 어떤 업무를 맡을 건지 의논하기도 했었다. 그렇게 맛있는 걸 먹으면서 신나게 동업 계획을 세우고 헤어져서는 다음 날 출근해서 회사 메신저로 오늘 점심 뭐 먹냐는 수다를 떨었다.

그러니 메신저가 없었다면 회사 다니는 재미가 삼분의일 정도는 감소했을 게 분명하다. 월요일부터 금요일까지, 매일 점심 메뉴가 뭐라고 그렇게 신나게 떠들고, 퇴사 계획을 매주 세웠으며, 팀장님 흉도 자주 봤고, 빨간 날만 뜨면 어떻게든 붙여서 비행기를 타기 위해 007작전을 펼칠 수 있었던 것도, 다 사내 메신저 덕분이었으니까.

꼭 맞는
옷을
입은 것처럼

  기억의 가장 처음으로 돌아가 보면 무언가를 그리고 있는 아이가 떠오른다. 그다음으로는 네모가 그려진 노트에 가나다라를 채워 넣는 모습. 부모님이 출근한 낮이면 할머니와 지내며 매일 반복되던 장면.

  다섯 살쯤, 올라가 앉아 있기를 좋아했던 각이 진 돌출형 창문이 있던 할머니네 집 안방, 브라운관 티브이 앞에 엎드려서 작은 손에 연필을 쥐고 글자를 쓰는 어린 나의 모습. 나비, 강아지, 아버지, 어머니 같은 단어들을 할머니의 글씨 아래로 같은 형태를 만들어 칸을 채우는 것은 재미있었다. 어쩌면 외로움을 잊기 위해 집중했던 것일지도 모르지만 덕분에 아빠나 엄마가 나를 데리러 올 시간을 넋놓고 기다리지 않을 수 있었다.

붓이나 펜을 손에 쥐는 순간이 두려운 적은 없었다. 처음 미술 학원에 갔을 때도 손이 새까맣게 변해 갈수록 하얀 스케치북 안의 구나 사각기둥, 유리잔이 그럴싸하게 변해 가는 것이 신기했을 뿐, 더 잘해야겠다거나 어떻게 해야 할지 모르겠다는 감정은 느껴지지 않았다. 순수하게 즐거움으로만 채워진 행위였으니까.

한참을 잊고 지내다가 다시 그림을 그리기 시작했을 때, 숨이 탁 트이는 것처럼 갑작스럽게 생이 요동치는 것에 희열을 느끼기도, 불순물이라고는 한 톨도 없는 무결한 평화에 감동도 했지만, 여전히 두려움은 없었다. 매 순간 그릴 것은 자연스럽게 떠올랐고, 가르치는 것이 일이 된 후로도 그림은 내게 부담을 준 적이 없었다. 가장 오래된 친한 친구처럼 느긋하고 편안하게 곁을 지켰다.

요즘 두려운 것은 불 앞에서 유리를 녹일 때다. 그릇에 그림을 담는 작업을 하고 사람들을 가르치는 일을 하며 시간이 쌓여 갈수록, 나에게 캔버스가 되어 주는 그릇 자체를 만들고 싶다는 생각이 들었다. 시작부터 끝까지 완전히 내 손 안에서 탄생한 것들로, 삶을 새롭게 채우고 싶어졌다.

그렇게 시작한 유리를 녹이고, 늘리고, 불고 자르고 식혀서 형태를 만드는 작업, 새로운 시도를 하면서 느끼는 설렘과 자극은 익숙해진 원래의 일에도 도움이 된다. 그런데 낯선 이 작업은 자꾸 내게 느껴 보지 못한 감정들을 일으 킨다.

더 잘하고 싶어서 초조하다. 피부가 새빨갛게 익어 버리 는 녹아 흐르는 유리의 뜨거운 열기에도 아랑곳하지 않고 일정한 속도와 힘으로 견디는 일, 찰나를 놓치지 않고 숨을 불어넣어야 하는 순간이 위험하고 어려운데 계속하고 싶 다. 빨리 잘하고 싶고 많은 결과물을 얻고 싶다. 이제껏 그 림을 그리고 글을 쓰던 순간에 느끼지 못했던 감정들을 마 주하며 나는 당황스러웠다.

더워지는 날씨에 불 앞에 앉는 게 쉽지 않다고 느껴지기 시작한 어느 날, 그 마음을 잘 다독여야겠다고 생각했다. 이제까지 그랬던 것처럼, 서두르지 말고 차근차근 시간을 들여서 만들어 가자고, 그게 나의 속도라고. 기본을 잘 다 져야 오래도록 가져갈 수 있을 테니 욕심내지 말자고.

허둥지둥 앞으로 나아가던 작업을 멈추고 단순한 형태 의 잔 백 개를 만들기 시작했다. 비슷한 크기의 잔을, 입구 와 몸통의 라인, 한두 가지 기법을 추가하는 정도의 변형으 로, 기본이 되는 잔의 형태를 만드는 작업을 반복한다. 백 이라는 수에 큰 의미는 없지만, 단순히 그 정도 만들고 나면 두 손이 저절로 잔의 형태를 그려 내지 않을까 하는 생각에.

그렇게 두 달째, 엊그제는 처음으로 바닥이 절로 만들어지는 것을 보았다. 말 그대로 불 속에서 잔의 바닥이 스르륵 등장했다. 억지스럽게 힘을 준 곳이나 찌그러진 부분 하나 없이 매끈한 모습으로.

양손이 녹인 유리를 움직이는 속도와 각도에 균형이 잡히고 충분한 열이 스며들자 빙글빙글 돌아가는 잔의 둥그런 부분이 매끈한 바닥을 스스로 드러냈다. 그 순간, 아 지금 제대로 하고 있구나! 하는 깨달음에 얼마나 기뻤는지.

백 개의 잔을 만들고 나면 하나의 잔을 이루는 처음부터 끝까지 이런 기분을 느낄 수 있을까? 지금, 제대로 하고 있구나, 하는 그 감각, 스스로 알아챌 수밖에 없는 성장의 순간. 내가 아틀리에를 꾸려 온 7년간 여러 번 느꼈던 그 감정을, 새로운 도전에서도 만날 수 있을까.

삶에도 그런 순간이 있다. 지금 내가 옳은 길을 가고 있구나, 내게 꼭 맞는 옷을 입었구나, 하고 깨닫는 기분 좋은 순간들. 시간과 노력이 정직하게 쌓여서 자신도 모르는 새에 자연스러운 흐름을 타고 이루어지는 것들이.

회사를 그만둔 후, 이 삶을 살기 시작한 뒤로 얼마간 정신없이 자리를 잡기 위해 노력하는 시간이 지나가고 성과가 나기 시작했을 때도, 지금처럼 한 번 더 성장하고 싶다는 욕심으로 새로운 도전을 할 때도, 매일 그리고 매일 쓰는 것을 오래도록 반복해 온 어느 날, 그 모든 하루하루가 쌓여서 내가 된다는 사실에 새삼 기뻐진다. 가장 나다운 내가 되고 싶어서 매일 이렇게 산다.

4. 관계: 나와 네가 '우리'라는
소파에 나란히 앉을 때

사람에게 뿌리내린다,

그것은 생각지 못한 단어의 조합이었다.

어쩌면 우리는 3차원의 세계 속에서 같은 중력을 느끼며 살아가는 것이 아니라 각자의 차원을 홀로 살아가는지도 모른다. 누구와도 겹치지 않는 고유한 자신만의 세계. 가끔, 아주 특별한 순간에, 각자의 차원이 '우리'로 교차될 때, 우리는 그제서야 '타인'의 존재를 진실로 안다.

겁많은
어른들의
친구 찾기

　'좋은 친구 박람회'라는 것이 있다면 좋겠다. 어릴 적 놀이터에서 이름만 주고받으면 친구가 되던 시절은 너무나 까마득하고, 새로운 타인과 가까운 관계를 형성하는 것이 나이를 더해 갈수록 어렵고 두려워진다. 그러니 어른들이 새 친구를 사귀는 일은 박람회라도 열리지 않고서는 쉽지 않아 보인다.

　어느 날 운 좋게 친구가 되고 싶은 매력적인 타인이 등장하고 상대방도 나에게 비슷한 호감을 보이는 행운이 주어져도, 우린 서로를 믿어도 될지 주저하고 혹시나 상처받을까 봐 망설이는 어른이니까.

　'좋은 친구 박람회'가 열린다면 그곳에는, 한 명의 사회적 개인에 대하여 여러 분야의 꼼꼼한 검증을 거쳐, 타인과 건강하고 진실한 관계를 맺는 것이 가능하다는 확인을 받은 사람들이 모이게 된다. 코엑스 a홀 같은 곳에 호스트 역할을 선택한 이들이 각자의 부스를 설치하고, 게스트 역할을 선택한 이들은 네임택을 목에 걸고 빼곡한 부스 사이를 열심히 걸어다니며 친구를 찾아 나선다. 호스트들은 자신의 연혁을 담아 만든 팸플릿을 내놓고 자신에게 다가올 새 친구들을 설레는 마음으로 기다린다. 이제 한 게스트가 부스 앞에 서서 인사를 건네고 팸플릿을 펼쳐서 읽기 시작한다. 읽어 가던 얼굴에 환한 미소가 떠오른다. '아 내가 찾던 나의 친구를 드디어 만났구나!' 우리는 그렇게 친구가 될… 수 있을까?

친구라는 관계는 어쩐지 폭이 아주 넓은 듯하면서도 까다로워서 상황에 맞게 여러 가지 의미로 쓰이곤 한다. 정말 친한 친구는 베프라는 단어로 특별히 구분 짓고, 그 외의 관계들 중 동창이나 지인, 동료, 그냥 아는 사람이라고 소개하기에 뻘쭘하거나 애매한 경우에도 얼버무리는 느낌으로 사용하기도 한다.

예전엔 꼭 학창 시절 만났거나, 서로에게 확실히 우정을 약속한 상대에 대해서만, 친구라는 단어를 정확하게 쓰려고 애썼지만, 이제는 오히려 느긋하고 느슨하게 쓰고 싶다.

삼십대가 훌쩍 넘고 나서 생긴 친구들 덕분에, 나라는 사람이 조금 더 넓어질 수 있었던 경험을 통해서 달라진 생각이다.

나이, 성별, 직업 같은 것들과는 상관없이 우연히 시작된 관계들, 다양한 상황 속에서 만나게 된 대화가 즐거운 사람들. 학창 시절 만난 친구들과는 또 다른 친구들. 비슷한 점은 무엇이든 대화의 주제로 삼을 수 있다는 것, 함께 밥 먹고 커피 마시고 영화 보고 산책하는 것이 즐겁다는 것이다.

그런 친구들과 자연스럽게 만들어진 느슨한 공동체, 이 기분 좋은 어울림은 누군가를 압박하거나 고정된 역할을 부여하지 않아서 편안하다. 한두 사람만 모여도, 대여섯 명이 모여도 대화의 주제는 거리낌 없고, 어른답게 서로 적당히 예의를 지키면서도 어린애들처럼 틈만 보이면 끝없이 장난을 친다.

누군가 던진 화두에 진지한 이야기를 성심성의껏 나누고, 가끔은 맛있는 음식과 술을 함께 먹고 마신다. 한 사람이 기타 연주를 시작하면 좋아하는 노래를 다 같이 부르기도 하고, 늦은 밤 골목길 산책을 함께 하기도 한다. 누구 하나 억지로 참여하는 사람이 없는 순간들, 완전한 자의에 의

한 공동체란 언제든 떠날 수 있기에 사심 없이 바른 자세로 참여하게 된다. 사회적 조건, 생물학적 조건과는 관계없이, 서로를 동등한 존재로 존중함으로써 유지되는 관계들.

나이를 더해 갈수록 늘어나는 역할과 책임들, 무게를 더하는 일상, 바빠지는 마음, 우리는 이제 안 맞는 타인과 불편한 관계를 유지하려 애쓸 만큼 한가하지 못하다. 좋아하는 친구와 만나서 밥 한 끼, 영화 한 편 보는 것도 서로의 스케줄을 맞추고 시간과 비용, 거기에 노력을 더해야 가능하니까. 소중한 삶의 한순간을 어정쩡하게 허투루 보내고 싶지 않아서, 진심으로 내 삶의 한 부분에 오래도록 자리해 주었으면 하는 이들에게게만 애정을 보이기로 한다.

그렇게 친구라는 자리에 넣어 둔 이름들을 떠올리면 행복하고 든든하다. 우리는 서로에게 좋은 사람이고 싶은 마음에, 자주 자리를 살피게 된다. 불편한 곳은 없는지, 어질러지지는 않았는지, 여전히 반짝이고 따뜻한지.

다행히 아직은 박람회까지 가지 않아도 좋은 친구들이 곁에 있다. 오랜 친구들과는 쌓인 시간만큼 친근하고 깊은 우정으로, 다 커서 만난 새로운 친구들과는 천천히 시간을 쌓아 가는 즐거움으로, 서로의 곁을 내어 준다. 가끔은 가족보다 내 마음을 알아주고, 연인보다 편안한, 나란히 걸으며 시시한 농담이나 주고받는 것만으로도 위로가 되어 주는 친구들이 있어서 삶이 더 살만해진다.

Soma 12.25.17   이 OH '17

교집합을 이루는 추억들이, 이제는 멀어져 버린 시절일지라도, 매번 기념일을 챙기듯 우리는 비슷한 이야기를 꺼내고 다시 웃는다. 여전한 것들과 흔적도 없이 사라져 버린 것들 사이에서, 같은 사람들이 조금씩 달라진 모습으로.

비가 오면
생각나는
사람이 있나요?

너무 추운 공기와는 다르게 햇빛은 따스하기만 하다. 손발이 꽁꽁 얼어서 '아 춥다 추워-'를 연발하며 종종걸음으로 걸어 들어와 외투를 벗고 한숨 돌린다. 전기포트에 물을 올리고, 보글보글 끓어오르는 소리를 들으며 원두를 도르륵 갈아 낸다. 종이 필터를 꼭꼭 눌러 가며 두 번 접어 끼우고 뜨거운 물을 한 번 내린 뒤, 향이 고소하게 퍼지는 원두 가루를 소복하게 붓는다. 그 위에 가는 물줄기로 원을 그리다 보면 부드럽게 스치는 커피향에 미소 지을 수밖에 없다. 천천히 유리 포트에 투명한 커피가 채워지는 것을 보고 있으면, 어느새 얼어 있던 손과 발, 마음까지 스르르 녹는다. 해가 가득 드는 창가에 서서 지금 막 내린 커피를 함께 마시고픈 사람들을 떠올린다.

집으로 향하는 버스, 창가 자리에 앉아 이어폰 속 음악에 집중하다가 어디선가 느껴지는 시선에 문득 고개를 든다. 이마에 와 닿은 것이 시선이 아니라 달빛인 것을 깨닫고, 창밖을 향한 고개는 오래도록 고정되어 있다. 유독 크고 둥근달이 버스의 속도에 맞추어 앞서거나, 뒤처지지 않고, 꼭 손잡고 걸어가듯 나란히 곁을 지킨다. 한참을 그렇게 바라보다가 보여 주고 싶은 이가 떠올라 메시지를 보낸다. 가끔은 달력에 적힌 날 수보다 달의 모양이 바뀌는 것으로 시간의 흐름을 가늠하며 살기도 하지 않느냐고. 그러자 금세 답이 온다. '슈퍼문이래, 오늘 달 말이야. 나도 보고 있어 지금'.

수업 준비를 하며 틀어 놓은 라디오에서 오프닝 멘트가 나온다. '비가 오면 생각나는 사람이 있나요? 비와 잘 어울리는 노래를 신청해주세요-'. 창밖으로 시원하게 쏟아지는 비를 바라보며 자연스럽게 누군가를 떠올린다. 굵은 빗줄기는 창의 먼지를 닦아 내고, 귀를 따갑게 때리는 빗소리는 내 마음을 씻어 내린다. 비를 좋아하는 것은 그래서, 세상이 깨끗이 정리되는 만큼 내 마음속 먼지들도 흘려보낼 수 있어서.

비가 오면 생각나는 사람, 누구에게나 있지 않을까. 이젠 한 사람만 떠올리기엔 너무 많은 기억들이 스며든 자신이 가끔은 우습기도 하다. 올 듯 말 듯 애태우던 올해 장마에, 소르르 젖어 들어 새싹을 틔우는 봄비에, 낙엽들을 애처롭게 적시는 가을비와 스산한 어깨를 움츠리게 만드는 겨울비에 어울리는 누군가를, 하나하나 떠올리면 되는 걸까.

우리가 올라탄 삶은 멈출 줄 모르고 매일 속도를 높인다. 곁을 살필 여유조차 넉넉하지 않을 만큼, 너무나 빠르게 지나가는 시간. 그 길 위에서 틈틈이 아주 사소한 핑계를 만들어 누군가를 떠올린다. 이렇게 커피를 내리거나 비를 구경하다가, 퇴근길 달빛을 한참 바라보다가. 어디선가 책을 읽다가, 맛있는 케이크를 먹다가, 어떤 음악이 들려오는 순간에 나를 떠올리는 사람도 있을까.

오늘 달이 참 예쁘니 꼭 보라며 안부를 전하면, 무슨 뜬구름 잡는 소리냐 하지 않고 '꼭 볼게' 하는 이들이 곁에 있어서 참 좋다. 언젠가 내가 읽어 보라 했던 책의 한 구절을 적어 놓고, 어울리는 음악이 있으니 들어 보라는 말도 곁들인 메시지를 받으면 마음이 따뜻해진다. 이제 그 책을 읽을 때면, 그 음악을 들을 때면 서로를 떠올릴 수 있을 테니까.

비가 오면 생각나는 사람이 있나요?

이제 나는 누군가 떠오르는 순간, 미루지 않고 말을 걸고 싶다. 지금 내가 당신을 떠올리고 있다고, 커피 한 잔 함께 하고 싶다고, 함께 달을 보며 산책하고 싶다고, 서로의 책을 바꿔 보고 같은 음악을 듣고 비를 구경하자고. 쑥스럽거나 어색한 날에는 말 대신 글로, 웃는 얼굴과 하트를 그려 넣은 메시지로 대신해도 좋겠다. 이렇게 좋은 서로를 더 자주 떠올리고 가까이 하자고.

우리는 서로에게 아무런 해답도 제시하지 않는다.
답은 결국 네 안에 있음을 누구보다 잘 아는 사이라서.
그 답이 무엇이든 스스로 찾아내기를, 유효기간 없이 기
다려 줄 수 있기 때문에.

비가 오면 생각나는 사람이 있나요?

사랑이
뭐냐고
묻는다면

바람이 많이 부는 금요일, 아침부터 단톡방에 누군가 사랑에 대해 떠든다. 떨어지는 벚꽃잎에도 맞지 말라- 하는 누군가의 말에, 또 다른 누군가가 사랑에 관한 시로 대답을 한다. 빗방울에도 젖지 말라고, 당신이 필요한 사람이 있으니 아프지도 다치지도 상심하지도 말라고.

타인이 나를, 필요로 하는 것. 그로 인해 내가 나만의 것이 아니게 되는 것은 사랑의 속성 중 하나다. 우리는 애초에 하나가 될 수 없는 완벽히 분리된 타인과 사랑이라는 단어 안에 함께 자리하는 순간부터 불가능을 꿈꾸기 시작한다. 내가 나만이 아닌 것, 네가 나처럼 느껴지는 것, 나와 네가 아니라 우리라는 단어를 자꾸 들먹이는 것, 결국에 둘이서 하나가 되고 싶다고, 말이 되지 않는 말을 서로에게 건네는 것.

언젠가 친구가 자신의 연인이 빵 봉지를 여미는 끈에 손을 베어 아파하는 모습을 보고 있으니 온 세상의 빵 끈이 미워지더라, 하는 글을 적어 둔 것을 읽었다. 어쩌면 사랑이란, 사랑에 관한 말들은 이렇게나 사랑스러울까 그런 생각을 하며.

분주하고 날 서 있는 사람들, 경쟁에서 이기기 위해, 손해 보지 않으려고 아등바등 살아가는 지금의 사회에서도, 오직 계산할 수 없는 것이 있다면 단 한 가지 사랑이다. 사랑이란 계획을 세워서, 계산기를 두드려 가며 이성적으로 할 수 없으니까. 만약 그런 사랑이 가능하다고 말하는 이가 있다면, 그런 사랑을 꿈꾸는 사람이 있다면, 너무 슬프지 않을까.

우리는 매일 매 순간 값을 치르고 영수증을 확인하며 살아가지만, 사랑만큼은 가격표를 붙이지 않고 싶다. 지구상에 숫자로 치환할 수 없는 것이 겨우 한 가지밖에 남아 있지 않다는 사실을 사람들이 오래도록 기억할 수 있었으면.

돌이켜 보니 사랑의 시작은 모두 다른 장면이다. 예상치 못한 순간에, 사고처럼 갑작스럽게 시작되기도 하고, 눈치 채지 못한 사이 이미 사랑하고 있기도 했다. 그러니 '사랑에 빠진다'라는 문장이 얼마나 정확한가, 미처 깨닫기 전에 사랑의 색으로 물들거나 이미 푹 빠져들어 나올 길 없이 온몸을 적시니까.

완벽한 타인으로 서로의 세계 바깥에 존재하다가 사랑이라는 단어를 함께 쓰는 순간부터 각자의 동그라미를 겹쳐 본다. 두 사람은 아주 작은 교집합으로 시작해 시간을 들여 그것의 영역을 넓혀 간다. 사랑을 시작할 때면, 우리의 원이 언젠가 완전히 겹쳐져 하나의 원으로 새롭게 태어날 수 있을 거라 기대하며 서로를 끌어당긴다.

그리고 몇 번의 사랑을 거친 후에 우리는 깨닫는다. 각자의 원은, 세계는, 크기도 모양도 모두 달라서 비슷하거나 닮아 갈 수는 있어도 완벽히 같아질 수는 없다는 것을. 오랜 시간을 들여서, 수없이 사랑을 발라 다듬어 보아도 하나의 원이 되는 것은 불가능하다는 것을.

한동안은 실망감에 사랑 따위 다시는 하지 않을 거라며 차갑게 냉소한다. 누군가 볼에 홍조를 띠고 자신의 사랑을 이야기하기 시작하면, 곧 너도 알게 될 거라며 아무리 애써 봐야 사랑의 시작 이후에 올 것은 이별뿐이라고 알은체를 한다. 다시는 사랑에 빠지지 않겠다고, 빠질 수 없을 거라고 탄식하면서.

그러나 그 시간이 지나가고 나면, 상처받아 파이고 찢긴 마음에 새살이 돋아 다시금 아름다운 원을 되찾고 나면, 이 지겨운 과정을 몇 번쯤 반복해 튼튼해지면, 그제야 알게 된다.

모두 다른 크기의 원을 가진 우리가 적당한 간격의 교집합을 이룰 때, 고정된 것이 아니라 줄어들고 넓어지기도 한다는 것을, 유연한 변화가 관계를 건강하게 유지시키는 새로운 즐거움이 되어 준다는 것을. 극적인 사랑의 시작과 끝에 시선을 빼앗기지 않고 잔잔히 흐르는 그 사이의 과정을 함께 즐길 수 있게 된다는 것을.

'당신은 사랑이 무엇이라고 생각하나요?'

열 명에게 질문하면 열 가지의 사랑이 모두 다른 답을 한다. 우리는 사랑을 얼마나 알고 있을까, 정말 아는 게 있을까.

이미지는 만드는 것, 사람 속은 알 수 없어, 보여지는 게 다가 아니야, 사람은 공적인 나와 사적인 나, 그리고 비밀스러운 나로 이루어진데, 우리는 모두 완벽한 타인이니까, 결국 나는 내 눈앞의 당신을 보고 싶은 대로 보는 걸까? 당신은 내가 어떤 사람인 것 같아요?

우리는 반드시 서로를 오해하고 말 텐데, 그럼에도 불구하고 함께 있는 것이 즐겁다니.

계속해서 당신의 이야기가 듣고 싶어요, 당신에게 나의 이야기를 들려주고 싶어요. 아무리 긴 시간을 쌓아도 모든 것을 알 수 없을 서로를, 삶의 작은 부분이나마 겹쳐보기 위해 다정한 노력을 멈추지 않고 싶어요.

우리, 바쁜 일상을 쪼개어 나란히 걷고, 같은 반찬을 사이에 두고 밥을 먹어요. 커피를 앞에 두고 어제 잠들기 전에 떠올린 생각을 이야기하다가 시덥지 않은 농담에 동시에 웃어요. 그렇게 보통의 순간들을 함께 보내면, 조금은 가까워질 수 있지 않을까요. 그러다 보면 어느 순간 우리가, 서로를 알 것 같다는 생각을 할지도 모르겠어요.

2017. 4. 9

이봐요, 완벽한 타인의 자리에서 너무 오래 머무르지 말아요. 서두르지 않고 다가갈 테니 내가 내민 손을 잡아요. 아, 당신이 먼저 내게 걸어오는 모습을 보게 된다면 나도 슬쩍 일어설게요.

서로의 이름을 입안에 동그마니 머금으면 입꼬리가 스르륵 올라가겠지요. 그건 정말 멋진 일이에요, 누군가를 나의 존재만으로 미소 짓게 한다는 것은. 나와 너라는 일인용 의자에서 일어나 '우리'라는 단어 안에 나란히 앉아 있을 수 있다는 것은.

연애운이
궁금하다면
지금 당장

사람들은 의미를 찾지 않으면 살 수 없는 병에 걸려 있다. 우리는 어디서든, 누구에게서든, 삶이라는 무대 위에서 벌어지는 어떤 장면 안에서도 특별한 의미를 찾으려고 애쓰고, 찾지 못한다면 만들어 내기라도 한다. 그렇게 유의미의 종족인 인간은 삶의 의미를 찾지 못하는 순간 좀비처럼 시간의 흐름에 올라타 버린다. 흘러가는 대로, 남들 하는 대로, 나이만 먹어 가며 삶을 낭비한다.

그런 우리에게 연애와 사랑이란 고양이 앞의 잘 발라진 생선처럼 구미가 당기는 것이다. 이리저리 요리하기 좋은 재료고 그 감칠맛이 먹고 또 먹어도 자꾸만 입맛을 다시게 한다. 짧은 것도 긴 것도, 좋았던 것도 나빴던 것도, 사랑의 시작과 이별의 마지막 장면까지도 의미를 부여하고 곱씹어 보기에 더할 나위 없으니까. 그렇게 다양한 생선을 직접 맛보는 것만큼이나 남의 생선이 어떻더라- 하는 것에도 꼬리를 바짝 세우고 다가가 코를 킁킁 댄다.

연애의 형태, 사랑의 시작과 끝, 그리고 그 사이의 모든 장면들은 개인의 취향과 가치관에 따라 가지각색으로 채워진다. 누군가는 연인과 반드시 손을 잡고 걸어야 한다고 말하고, 누군가는 함께 밤을 보내고 나면 흥미를 잃는다고 말한다. 우리 사이엔 비밀이 없어야 한다고 주장하거나, 모든 것을 알아 버린 뒤에는 떠날 일만 남아 있다고 반박하는 이도 있다. 밤새 통화하자며 핸드폰을 못 내려놓기도 하고, 주말에만 만나자며 올리는 메시지에 늦은 답을 보내기도 한다. 선물의 가격만큼 사랑의 가치를 인정하거나, 손글씨로 채워 온 편지 속 글자 수만큼 네 진심을 알 것 같다고 한다. 주고받는 술잔 속에 발그레한 단어들을 흘려 넣어 함께 마시는 사람들이 있는가 하면, 찬송가를 부르며 신 앞에서 사랑을 맹세하는 사람들도 있다.

이렇게나 혼돈의 지구 안에서, 두 명의 전혀 다른 단어가 한 문장 안에 자리하는 것이 연애고 사랑이라면, 그것은 제로에 가까운 확률을 가진다. 기적에 가까운 확률을 가지면서도 끊임없이 발생한다는 것이 모순이지만.

한 문장 안에서 사이좋게 지내던 두 단어가 어느 순간 서먹해지고, 어색해진 문장은 순식간에 와해되어 원래의 두 단어로 분리된다. 그 과정은 누군가에게는 시처럼 남고, 누군가에게는 장편소설로 남아, 각자의 삶에 전혀 다른 해석으로 적힌다.

모순으로 점철된 것임에도 불구하고 우리는 모두 끊임없이 사랑을 한다. 사랑을 하고 싶다. 사랑이 싫어졌다가도 다시 좋아진다. 사랑에 질렸다가도, 무자비하게 상처받았어도 다시 사랑을 시작한다. 사랑을 하는 중이거나 끝내는 중이다. 그렇게 살아가는 내내, 사람이기 때문에 사랑을 한다.

출처도 신빙성도 없지만, 꼭 따라 해보게 되는 것들이 있다. '지금 가까이 있는 책의 206페이지 첫 문장이 당신의 연애운'이라는 얼토당토않은 말을 듣자마자 손에 잡히는 책의 책장을 서둘러 넘겨 본다. 절반쯤 잘린 문장으로 아무리 그럴싸하게 풀어 보려 해도 해석 불가 인 문장을 읽으면서 생각한다. 집에 가서, 책장의 책들을 차례대로 꺼내어 206쪽을 펼쳐 보고 가장 마음에 드는 문장이 나오면 그것으로 해야겠다고.

네 잎 클로버를 찾고 찾다가 결국 세 잎 클로버의 잎사귀 한 장을 반으로 갈라 기어코 네 잎으로 만드는 사람들처럼, 유치하게 굴어야 더 재밌는 것이 연애고 사랑이니까. 가장 로맨틱한 206페이지 첫 문장을 찾을 때까지, 책이야 한가득 쌓여 있으니 걱정 없다고.

사람에게 뿌리내린다, 그것은 생각지 못한 단어의 조합이었다. 어쩌면 가장 아름답고 따뜻한 고향은 내가 뿌리내린 사람일까, 누군가 내게 뿌리내린다면 나는 따뜻하고 포근한 흙이 된 기분일까.

오로지
나만을
위한 것

    아침이면 자리에서 일어나, 베개를 탁탁 두드려 모양을 잡아 주고 돌돌 말린 이불을 펼쳐서 비뚤어진 곳 없도록, 네모난 침대를 가지런히 덮어 둔다. 창문을 활짝 열고 조르륵 앉은 식물들을 살피고, 하늘하늘 가을바람에 흔들리는 얇은 커튼도 모양을 잡아서 한쪽으로 밀어 놓는다. 방바닥을 구석구석 닦으며 떨어진 머리카락이나 먼지가 남아 있지 않도록 야무지게 손끝에 힘을 준다. 말끔해진 바닥 위에 요가 매트를 펼치고 한동안 땀을 흘린 뒤에는, 다시 매트를 돌돌 말아서 제자리에 둔다.

    고심해서 고른 물건들, 그리고 내가 머무는 공간을, 나는 살뜰히 돌본다. 아끼며 사용하고, 크게 정리할 필요 없이 늘 사용한 뒤에는 제자리에 둔다. 먼지를 털고, 얼룩을 닦아 내고, 물을 주고 해를 쬐어 주고, 세탁하고, 이리저리 살피는 것을 귀찮아 하지 않는다. 성실하고 부지런히, 애정을 담아, 나를 위한 물건과 공간을 다룬다.

오늘 아침은 문득 바닥을 닦다가 스스로에게 물었다. 어째서 나는 이토록 성실하고 부지런한 애정을, 사람에게는 두려 하지 않을까? 물건과 공간에 관대한 만큼, 타인에게 너그러워질 수 없을까? 이 모든 노력은 오로지 나만을 위한 것이기에 기꺼이 할 수 있는 것일까?

모른 척 물었지만, 답은 이미 알고 있다. 물건과 공간은 늘 나의 기대만큼 나를 충족시킨다. 일말의 오해나 실망도 없이, 성실하고 반듯하게, 나의 애정과 노력에 부응한다. 나는 그 안에서, 쏟아부은 애정과 노력을 충만히 누린다. 그것은 예상 가능한 확실한 행복, 언제든 원할 때 가질 수 있는 쾌적한 성취감.

타인을 떠올려 본다.

우리는 늘 기대한 적 없는 이에게 너무 많은 것을 받고 어쩔 줄 몰라 하거나, 기대에 한없이 못 미치는 반응에 실망한다. 서로를 이해한다고 오해하기 마련이고, 한쪽이 성실한 만큼 다른 한쪽은 게으른 사람이 된다. 시소의 양 끝에 앉은 두 사람이 균형을 맞추기 위해서는 끝없이 서로의 발을 굴러야 하는데, 한순간 박자를 놓치거나 누군가 발 구르기를 그만두면, 상대방은 저 위에 멈춰서 내려오지 못하거나 바닥에 앉은 채 모래 위에 놓인 쓸쓸해진 두 발을 바라보는 수밖에 없다.

나는 아마도, 그런 것이 지겨웠나 보다. 기대와 실망, 오해와 이해, 충만함과 허기짐, 연결된 타인과 함께 할 때의 기쁨과 귀찮음, 그 모든 당연하고 익숙한 것들이.

진실한 사랑이라는 단어를 주제로, 우리는 얼마나 할 말이 많을까. 각자 가지고 있는 시작과 끝의 기억들, 추억과 상처의 경계에 둔 장면들, 아련해야 할지 후회해야 할지 갈팡질팡하고 있는 마음들, 미워하기도 그리워하기도 잘 기억이 나지 않기도 하는 얼굴들.

단어들은 모두 정의를 가지고 있지만 가끔은 내 마음에 딱 맞는 것을 찾아내는 것이 어렵다. 아니, 자주 불가능하다. 너를 사랑한다고 말할 때, 내 마음의 색을 사랑이라는 두 글자로 보여 줄 수밖에 없는 것이 아쉽고, 이제 그만하자고 이야기할 때면 어디까지 그만해야 할지 당황스러워지니까. 안녕, 밥은 먹었어, 우산 챙겼어, 잘 자, 우리 내일 몇 시에 만날까 그런 말들, 서로의 번호와 이름을 기억하는 것마저 그만해야 하는 거겠지.

처음 만난 사람과도 오래도록 함께 지낸 사람과도 이것에 대해 이야기 나누며 밤을 새우는 것은 어렵지 않은일. 와인과 음악이 곁들여진다면, 아마도 끝없이.

오로지 나만을 위한 것

'겉바속촉'
사람들의
곤란함

나는 겉과 속이 좀 다른 사람이다. 겉(외모)과 속(성격)이 다르다는 게 사기꾼처럼 음험한 마음으로 타인을 속여 먹는다는 것이 아니라, 의도치 않게 타인이 상상한 '나'라는 사람의 이미지와 어긋나는 경우가 있다는 뜻이다. 말하자면 '겉바속촉'이랄까.

사람들은 단순히 보이는 대로 상상해 버린다. 겉모습과 직업, 옷차림과 목소리처럼, 단편적인 이미지를 가지고 이런저런 사람일 거라고 예상하는 것이다. 누구나 그런 순간이 있을 테고, 타인의 머릿속까지 이래라저래라 할 수는 없겠지만, 그런 순간에 오류와 불일치가 종종 발생하는 것도 사실이다.

곤란한 점은 가끔 그런 순간에 자신이 상상했던 모습과

실제 나의 어떤 부분이 불일치하는 것을 깨닫고는 실망하거나 서운해하는 사람들이 있다는 것이다. 그럴 때 나는 아무런 책임이 없는 결과에 대해 누명을 쓰고 황당해하는 수밖에 없다.

누구도 단편적인 모습만 가지지 않는다. 완전히 불투명한 한 가지 색으로 고정된 존재는 없으니까. 우리는 하나의 성질의 극과 극을 동시에 지니기도 하고, 그 가운데 있기도 하며, 이쪽에서 저쪽까지 왔다 갔다 하기도 한다. 같은 색으로 내내 존재하더라도 바라보는 이의 시선이 전부 다르므로 파란색인 나를 보고 누군가는 하얗다고 하고 누군가는 붉다고 말할 수도 있다.

터프하고 세 보이는 사람이 누군가에게는 한없이 여리고 사랑스럽게 굴 수 있다. 술 한 모금 못 마시게 생긴 사람이 술은 무조건 필름이 끊길 때까지 마신다던가, 차갑고 이성적으로 보이는 사람이 잠들기 전 시를 적을 수도 있는 거니까. 우리는 어떤 타인도 정확히 알 수 없다. 어떤 존재도 그의 전부를 아는 것은 불가능하다. 분명히 안다고 말할 수 있는 것은 고작 이름과 나이, 키와 몸무게처럼 숫자와 글자로 이루어진 기호들뿐.

한두 번 마주친 사람들이 곧잘 내게 말하곤 했다. 요리를 잘할 것 같다거나 어른들을 잘 챙길 것 같다고. 술은 마실 줄 알아요? 라고 진지하게 물어보는 사람 앞에서 나도 모르게 웃어 버린 적도 있다. 과거의 연인들에게서 네가 그럴 줄은 몰랐어, 라는 말을 듣기도 했었다. 대체 어떤 걸 기대한 걸까? 지금 나를 바라보는 당신의 머릿속에는 그저 당신이 보고 싶은 내가, 당신이 만들어낸 내가 존재하는 것 아닐까?

다행히 내게는, 어쩌면 이런 게 행운일지도 모르겠다는 생각을 하게 하는. 나의 어떤 부분을 나보다 더 잘 아는 것 같은 친구들이 몇 있다.

하지만 가끔은 두려워진다. 타인과의 관계 속에서 오해란 필연적이지만, 진짜 내 모습을 알아볼 수 있는 타인이 더는 없다면 어떨까, 그런 생각을 하면 외로워지고 마는 것이다.

그럴 때 나는 다짐 비슷한 것을 한다. 최대한 타인을 오해하지 않기 위해 노력하겠다고. 섣부르게 넘겨짚거나 판단하지 않겠다고. 그래서인지 늘 사소한 이야기에 귀가 뾰족해지곤 한다. 겉으로 드러난 성취나 조건들보다 중요하다고 여겨지지 않는, 그 사람이 드러나는 작은 힌트 같은 것을 조금씩 주워 담는다. 산과 바다 중 어느 것이 좋은지,

산이 왜 좋은지, 겨울과 여름 중 어느 계절의 산이 좋은지. 등산과 산책 중에서 자주 하는 것은 무엇인지, 뾰족한 잎과 넓은 잎 식물 중 어느 것을 집에 두는지, 맑은 날과 흐린 날의 기분은 어떤지, 밤과 낮 중 언제 더 이야기를 나누고 싶어지는지. 너무 소소해서 유심히 들여다보지 않으면 절대 눈에 띄지 않는 그런 것들을.

거의 매주 아틀리에에서 새로운 사람들을 만난다. 이름과 핸드폰 번호만 주어진 타인을 만나는 일은 일곱 해를 쉼 없이 이어 오면서도 지겨워지지 않는다. 혼자서, 여럿이서, 계단을 올라오는 발소리가 들려오고 곧 '안녕하세요?' 인사와 함께 낯선 얼굴들이 빼꼼 고개를 내민다. 설레는 마음으로 '안녕하세요?' 인사를 건네며 처음 시선을 맞추는 순간에, 성급히 떠오르는 느낌표들은 못 본 체한다.

그리고 함께 그림을 그리기 시작하면, 5분, 10분, 1시간, 겉모습과 말투에서 얻은 정보들은 가만히 내려놓고 시간의 흐름을 쌓아 완성되어 가는 당신의 그림에 시선을 둔다. 선택한 색과 그림과 그릇들, 붓질하는 손놀림과 팔레트를 쓰는 방식 같은 것으로 당신을 알아 가기 위해서. 그렇게 천천히 알아 가는 당신이 훨씬 당신다워서 우리는 금세 가까워지곤 한다.

'겉바속촉' 사람들의 곤란함

사람들은 자신만의 기준으로 타인을 규정한다. 나와 당신 사이의 메울 수 없는 간극, 과연 진심이라는 것은 단한 가지로 존재하는 것일까. 끝나지 않는 의문들에 답은 없지만, 우리가 할 수 있는 것은 계속 이야기하는 것. 서로를 알고 싶어 하는 것, 애정을 담아서, 함께 쌓아 온 시간을 소중히 여기며, 앞으로 겹쳐 갈 시간을 기대하며, 끊임없이 서로에게 말걸고 질문하고 언제까지라도 다정히 들어주는 것. 우리가 해야 하는 것은 그것뿐.

가장 좋은 건
'아틀리에 봄'
식구들

　통통한 무화과가 나란히 앉아 있는 하얀 스티로폼 상자를 품에 안고 들어온 ㅇㅇ씨, 어서 와요- 하는 인사와 함께 눈을 맞추고 우리는 함께 웃는다. 선생님 여기요- 하며 품에 안고 있던 무화과를 작업 테이블 위에 올려놓는 ㅇㅇ씨에게 고맙다는 인사를 하고, 한참 그림을 그리고 있는 다른 분들과도 눈을 맞추며 말을 건넨다. '잘 익은 무화과가 나오기 시작하면, 가을이구나 하는 실감이 나요, 무화과 좋아하세요?'

　문득, '무화과와 함께 온 ㅇㅇ씨와 몇 번의 가을을 이곳에서 함께 보냈지?' 궁금해져 수를 헤아려 본다.

　내가 가을 무화과를 좋아하는 것을 알고 굳이 기억해 두었다가 이렇게 품을 들여 품에 무화과를 안고 와주는 ㅇ

ㅇ씨는, 또 다른 날에는 짭짤이 토마토를, 블루베리를, 아틀리에의 그림이 담긴 접시와 잘 어울리는 예쁜 케이크를 들고 오는 날도 있었다.

그게 무엇이든 모두 내가 좋아하는 것들, 혹은 우리가 좋아하는 것들, 가끔은 ㅇㅇ씨가 나에게 알려 주고 싶은 자신이 좋아하는 것들을 품에 꼭 안고 이곳으로 온다. ㅇㅇ씨만이 아니라 이곳에서 함께 그림을 그리는 사람들은 시간이 흐를수록 서로를 닮아 간다. 한 달에 한두 번, 운이 좋다면 매주 얼굴을 익히고 서로의 좋아하는 과일과 색을 알아 가며.

오늘 처음 만난 사람들, 내 공간에 찾아온 이들을 다정히 대하고 싶었다. 시간과 비용을 들여서 여기까지 와준 사람들 앞에, 수고스러운 커피를 내어 주고 편안한 음악과 향긋한 내음이 느껴질 수 있도록. 앉은 의자가 아름답기를, 붓을 잡은 손이 올려진 테이블이 특별하기를, 아름다운 것들로만 가득 채운 이 공간 안에 머무는 시간만큼은 번잡스러운 현실과 분리되어 가벼운 마음으로 근심 없이 즐거울 수 있었으면 하고 바라는 마음으로.

사람들을 모아 수업을 시작하며 늘 커피를 내렸다. 좋아하는 맛의 원두를 열심히 갈아서 시간을 들여 만든 따뜻한 커피를 하얀 도자기에 담으면 영롱한 갈색 호수가, 투명한 글라스에 얼음과 함께 담으면 표면에 맺힌 물방울마저 그려 넣은 것처럼 예뻐서, 번거로움 정도는 기꺼이 감수할 수 있었다.

내가 그렇게 마시는 것을 좋아해서, 이곳과 잘 어울리는 방식의 커피라고 여겨지는 것을, 여기까지 와준 이들에게 맛보여 주고 싶었다. 직접 그려서 완성한 고운 잔에 품을 들여 내린 커피를 담아 마시는 일이, 별거 아닌 일상을 얼마나 기분 좋게 만들어 주는지 알려 주고 싶었다.

아틀리에 근처 자주 가는 카페에서, 가끔은 멀리 있는 유명하다는 곳의 다양한 원두를 사다가, 향이 좋은 커피를 내놓곤 했다. 계절과 그날의 기분에 어울리는 작은 디저트를 곁들여서. 가만히 붓을 놀리는 뽀얀 손 앞에, 부드러운 김이 흐르는 향긋한 커피가 담긴 잔이 내려앉는 순간을, 나만큼 사람들도 좋아하기를 기대하며. 그리고 언제부턴가 자연스럽게 수업에 오는 사람들의 손에는 무언가 들려 있었다. 선생님- 커피와 함께 먹어요- 하는 말과 함께.

함께 하는 시간이 쌓여 갈수록 나는 기억하는 것들이 늘어 갔다. 진한 커피를 좋아하는 ㅇㅇ씨, 연한 커피만 마시는 ㅇㅇ씨, 한여름 무더위에도 따뜻한 것을 마시는 ㅇㅇ씨,

가장 좋은 건 '아틀리에 봄' 식구들

언제나 이건 무슨 커피예요? 너무 맛있어요-라며 묻는 ㅇ
ㅇ씨, 복숭아 알레르기가 있는 ㅇㅇ씨, 카페인을 못 먹는
ㅇㅇ씨, 직접 만든 케이크를 종종 가지고 오는 ㅇㅇ씨, 와
인 반 모금이면 얼굴이 빨갛게 변하는 ㅇㅇ씨… 적지 않은
이들의 소소한 특징들을 자연스럽게 기억하게 되었다.

우리는 서로에 대해 다 알지 못하지만, 너무 많은 것을
알 필요도 느끼지 못했다. 이곳에서의 모든 것은 적당해서
편안했다. 어떤 색을 자주 쓰는지, 붓과 펜 중 어떤 것을 더
좋아하는지, 집에서 오목한 것과 납작한 것 중 어떤 그릇에
손이 더 가는지, 와인과 맥주 중 어느 것을 더 좋아하는지,
그만큼만 알고 나면 충분히 가까워질 수 있었다. 일주일에
한 번, 혹은 한 달에 한 번쯤 우연히 마주치는 그 시간 동안
함께 그림 그리며 사는 이야기와 경쾌한 웃음을 주고받는
것만으로도.

나에게 이들은 고객이면서 동료가 되었다. 수강생분들
을 '식구'라고 호칭하는 이유는 우리가 꽤 오랜 시간 많은
것을 나누어 먹었기 때문이기도 하고, 7년간 아틀리에를
함께 만들어 왔다고 느끼기 때문이기도 하다. 매주 만나 그
림을 그리며, 분주했던 일상을 공유하며, 누군가의 좋은 일
에 함께 기뻐하고 부당한 일에는 분노하고 슬픔은 위로했

다. 다 같이 전시장에 작품을 걸고 소중한 사람들을 초대해서 우리의 시간이 이룬 아름다운 것들을 소개하기도 하고, 연말이면 맛있는 음식을 차려 놓고 마주 앉아 송년회를 한다. 내가 혼자서 시작한 이곳을 결국 우리가 함께 가꾸어 간다.

흐르는 물에 씻은 무화과를 사람 수대로 펼쳐 놓은 접시 위에 나누어 담으며 지나온 시간을 돌아본다.

오전 오후 수업 내내, 싱싱한 가을 무화과를 간식으로 나눠 먹으며 그림을 그린 날, 남은 것은 잘 담아서 퇴근길에 챙겨 집으로 가지고 간다. 가족들이 모두 잠든 밤이 되면, 따뜻한 오렌지색 전등만 밝힌 고요한 부엌에 서서 무화과 잼을 만들어야지, 생각하며.

어느 해 여름 푸른 꽃을 그려 넣었던, 유리병에 완성된 따뜻한 잼을 담아 놓고 잠들었다가 다음 날 함께 출근해야지. 내일은 간식으로 무화과 잼을 얹은 바게트를 작은 접시 위에 얹어서 내놓아야겠다. 다들 '선생님, 직접 만들었어요?'라며 한차례 웃고, 떠들고, 사진도 찍고 나서 신나게 맛볼 테니까. 그러다가 잼을 담기 적당한 작은 유리볼에 아름다운 그림을 그리기도 할 테고.

이 일을 하면서 내 안의 인류애를 발견하는 순간들이 있다. 인간에 대한 깊은 애정, 이만큼 살고 더러운 꼴도 적잖이 봤음에도, 이곳에서 함께 하는 좋은 사람들 덕분에 나는 점점 더 좋은 사람이 되고 싶다고 생각한다. 어른답게 타인에 대한 의심으로 가득 찬 마음 안에 그와 동일한 크기의 애정이 존재한다.

결국, 내가 시선을 두는 풍경은 늘 사람,
귀 기울이는 것은 사람들의 이야기.

향기, 날씨, 음악, 공간, 맛, 내 안에 오래도록 남아 있는 어떤 것에는 하나의 '기억'이 함께 한다. 사람이 간직할 수 있는 기억은 한계가 없는 것은 아닐까, 잊고 지내다가도 어느 순간 서랍을 열고 살짝 꺼내어 보듯 자연스럽게 떠오른다.

빳빳하고 깨끗한 새로 산 운동화의 하얀색 끈을 리본으로 묶다가, 심지어 리본을 묶는 동작 하나에도, 기억이 줄줄이 엮여 있어 놀라고 만다. 여러 사람이, 각자의 리본 모양으로 남아 있다.

가장 좋은 건 '아틀리에 봄' 식구들

5. 여행: 조금 멀리서
'지금, 여기'를 바라보는 것

여행은 돌아올 곳이 있기에 떠날 수 있는 안전한 일탈,

답을 미리 알고서 빠지는 함정이지만.

한겨울에
치앙마이로
떠난 이유

    화장품 두세 개, 옷가지 몇 벌, 모자와 가방 하나씩, 샌들 한 켤레, 노트와 펜, 책 한 권. 여행을 떠나 보면 알게 되는 것 중 하나는 한 사람이 만족스러운 일상을 살아가기 위해 그리 많은 물건이 필요하지는 않다는 사실이다. 짐이 적을수록 마음은 가볍다. 잃어버릴까 염려하지 않고 관리하느라 애쓰지 않아도 된다. 삶을, 여행을, 더 여유롭게 즐기고 느긋하게 쉴 수 있다. 우리는 왜 중요한 것들은 쉽게 잊어버릴까? 이렇게 깨달은 것들은 익숙한 일상으로 돌아오는 순간 금세 흩어져 버릴까.

    알람을 모두 끄고 잠든 어젯밤, 짙은 어둠 속에서 치앙마이에 도착했다. 후덥지근한 공기, 바로 얼마 전까지 추워서 몸을 움츠리던 기억이 생생한데, 비행기에서 내려 몇 걸음 걷다 보니 자연스럽게 온몸이 이완된다. 천천히 호흡하자 가득 채워지는 낯선 공기, 냄새, 온도, 약간의 두려움과 설렘이 뒤섞인 감정.

눈을 뜨니 낯선 천장이 보인다. 여행하는 동안 가장 많이 쓰게 되는 단어는 '낯설다' 아닐까. 낯선 천장, 낯선 이불, 낯선 창문, 어제 처음 만난 것들에 둘러싸여 깊은 잠을 잤다. 꿈도 꾸지 않고 지나온 여행의 첫날 밤. 손을 뻗어 머리맡의 아이패드를 열고 음악을 튼다.

느릿느릿 준비를 마치고 숙소를 나와 커피를 마시러 간다. 구글맵은 어찌나 친절한지 처음 와본 나라의 낯선 도시에서도 길을 잃을 염려가 없다. 스물다섯에 떠났던 스페인에서는 프린트한 종이지도에 형광펜으로 길을 색칠하며 순례길을 걸었었는데, 이제는 스마트폰이 상냥한 목소리로 좌회전, 우회전이라며 세심하게 안내를 한다.

어둠에서 벗어난 치앙마이는 느긋한 태도로 여행자를 반겨 준다. 복잡하고 어수선하지만 따뜻하고 평화로운 이곳, 도로 가득 커다란 초록 잎사귀들 사이로 어울리지 않는 대형 크리스마스트리가 보인다. 한여름의 크리스마스, 12월의 여름 안에 있다. 한겨울, 추운 날들 사이에 주어진 2주간의 비현실적인 따뜻함.

걷는 내내 수시로 비행기 소리가 들리고 차와 오토바이가 빠르게 달리며 소음을 만들어 낸다. 10분쯤 천천히 걸어서 도착한 카페는 이미 사람들로 가득하다. 유명한 곳이 붐비는 것은 어느 나라를 가도 똑같다. 커다란 테이블을 가운데 두고 서로 모르는 사람들이 적당히 앉아 있다. 그사이 빈 곳에 자리를 잡고 이리저리 둘러본다. 다양한 나라의 사람들이 제각기 다른 커피를 앞에 두고 혼자 앉아서 노트북을 들여다보거나 일행들과 대화하는 모습들을 구경하며, 오늘 아침 식사를 대신 할 따뜻한 라테를 한 잔 주문한다.

일상에서 멀리 떠나오기 위해 적지 않은 비용과 시간을 들여 여행을 가면, 낯선 도시에 도착해 말이 통하지 않는 사람들 사이를 걷고 있으면 드는 생각은 아이러니하게도 이곳에도 삶이 있다는 것이다. 내 삶이 자리한 익숙한 곳에서 아무리 멀리 떠나와도, 결국 여기서 만나게 되는 것도 삶, 이곳 사람들의 일상이니까.

아틀리에에서 그릇에 그림을 담는 수업을 하다 보면, 다들 손에 든 붓과 그림에 아주 가까이 다가가 전체를 보는 것을 잊어버린다. 한 번씩 멀리서 전체를 보세요-라고 이야기하면 그제야 다들 고개를 들고 그릇을 든 손을 쭉 뻗어 본다. 지금 붓을 가져다 대고 있는 그 부분에만 집중할 때는 다른 곳이 보이지 않는다. 하지만 그렇게 너무 가까이에서 한 지점만 바라보다 보면 그림의 전체적인 균형이 무너지기 쉽다.

가끔은 거리를 두고 전체를 바라봐야 눈에 들어오는 것들이 있다. 그림처럼 삶도 그렇다. 우리는 100미터 단거리 선수가 아니라 삶이라는 긴 레일 위를 달리는 마라토너들이니까. 눈앞에 있는 것에 집중하는 것만큼이나, 저 멀리 아직 선명히 보이지 않는 것에 대해서도 생각할 수 있어야 한다. 그러기 위해선 깊이 뿌리내린 일상에서 애써 잘 떨어지지 않는 두 발을 힘겹게 떼어 내서 멀리멀리 떠나 볼 필요가 있다.

긴 시간 비행기를 타고 낯선 도시에 떨어져서야 저 멀리 있는 나의 삶을 전체적으로 바라본다. 익숙해져서, 너무 가까워서 보이지 않던 것들이 그제야 하나하나 시야에 들어온다.

그러니 이제껏 어떻게 살아왔는지, 앞으로 어떻게 살아가고 싶은지 생각하기에도 여행만큼 적당한 것이 없다. 게다가 12월이 넌지시 던지는 질문과 기분까지도 세트처럼 잘 어울린다. 매년 마지막 달에 여행을 떠나는 것은 해를 더해 갈수록 마음에 든다. 아마도 아주 오랫동안 12월의 여행일기를 쓰게 되지 않을까.

하루, 이틀, 삼 일, 어느새 이곳의 느슨한 속도감에 몸과 마음이 익숙해진다. 여기서 보내는 2주간 고민은 잠시 잊어버리고 오로지 하고픈 일만 하는 시간, 그런 나를 돌보며 만족스러운 나 자신으로 지내자고 생각한다. 그래서 조금이라도 몸과 마음이 가벼워지기를 진심으로 바란다. 돌아가면 이전보다 더 군더더기 없이 가뿐하고 우아한 몸놀림으로 삶을 살아가기를, 깨끗하고 맑은 얼굴과 마음을 가꾸며 소중히 여기기를.

가장 오랜 시간 변함없이 음미할 수 있는 즐거움은 단 하나, 경험뿐이다. 어떤 물건, 소유, 소비로는 능가할 수 없는 것, 분명히 이곳에서의 시간도 그렇게 간직하게 되겠지.

여행자의
스위치가
켜지면

처음 타본 터키 항공은 파란 좌석이 나쁘지 않았다. 이 런저런 후기에서 읽었던 단점들로 미리 마음의 준비를 해 서일까, 기대치가 낮으면 만족도가 올라가는 단순한 공식 덕분이었을까.

커다란 비행기에 줄을 선 사람들이 차례대로 실린다. 공 항에서는 짐을 부치고 표를 받을 때, 비행기에 타서 나의 작은 43G 의자를 찾아가는 순간까지도 줄 서기의 연속이 다. 그렇게 차곡차곡 채워진 하나의 비행기에 실린 사람들 은 서로에 대해 단 한 가지 사실만을 안다. 비행기가 향하 는 곳이 이스탄불이라는 것, 그곳에서 다시 한 번 각자의 목적지를 향해 흩어진다는 것.

자리에 앉아 최대한 편안한 포즈를 취하려고 애쓴 뒤 긴 비행을 견디기 위해 마음을 가다듬고 있자니 조명이 어두워지고 기장의 목소리가 스피커를 통해 흘러나온다. 통로 좌석인 나의 옆자리가 운 좋게 비어 있다. 10시간이 넘는 비행시간 동안 누군가와 팔과 어깨를 부딪힐 일이 없을 거라 생각하니 마음이 놓인다.

어느새 몸은 비행모드로 마음은 여행자 모드로 스위치가 바뀌어 켜진다. 알아들을 수 없는 언어로 다시 한 번 기내방송이 들려오고 드디어 비행기가 움직인다. 여행이 시작된다.

어둠 속에 잠겨 있던 비행기에 조명이 밝아지면 가라앉아 있던 공기가 순식간에 술렁인다. 12시간의 비행 끝에 곧 이스탄불에 도착한다. 끝없는 잠, 두 번의 기내식, 두 편의 영화, 셀 수 없는 뒤척임, 화장실에 다녀오고 통로에 서서 기지개를 켜고 뒷자리에 앉은 친구와 짧은 대화를 나누면서 끝이 없을 것만 같은 시간을 견디고 난 뒤에야 익숙한 일상이 흐르는 곳에서 멀어져 낯선 어딘가에 도착한다.

비행기라는 물체를 통과하면 시공간이 달라진다는 건 재밌는 일이다. 몇 번을 반복해도 새롭고 신기하다. 마치 「닥터 스트레인지」의 차원의 문처럼, 우리를 원래의 세계에서 다른 세계로 이동시키니까. 물론 그보다는 훨씬 오래

걸리고 멋진 반지나 손을 빙글빙글 돌리는 액션도 필요 없지만.

비행기가 다시 한 번 어둠에 잠기고 아까보다 훨씬 세게 흔들거린다. 착륙 준비를 하고 있다는 신호, 비행기 안에 실려 있는 사람들은 다 같이 두근거리고 있을까, 곧 거대한 몸체에 비해 앙증맞은 바퀴가 덜컹거리며 땅에 닿고 곧 사람들은 기다렸다는 듯 벌떡 일어나 짐을 꺼내며 분주히 움직이기 시작한다.

이스탄불 공항에서 두어 시간쯤 머무른 뒤 작은 비행기로 갈아타고 포르투로 향한다. 공항에서 머문 두 시간은 어슬렁거리며 산책을 하고 서브웨이에서 물과 껌을 사고 잠시 데이터를 켜서 SNS를 확인하다가 끝나 버린다. 여유 부릴 틈도 없이 두 번째 비행기에 태워져서 약간 졸다가 기내식을 먹고 나니 4시간 정도는 금세 지나간다. 이제 곧 포르투에 도착한다는 기대감이 지루함을 상쇄시킨 걸까.

다른 나라로 떠나는 여행은 올바른 비행기를 제시간에 맞추어 타는 것이 가장 중요하다. 보안 검색대를 통과하고 쉴 때는 물을 마시고 화장실에 들른다. 기내식을 먹고 친구와 열흘간의 일정에 대해 이야기를 나눈다. 여행자로 살 준비를 마친다. 단순하고 유쾌하게 가벼운 마음으로, 낯선 곳에서 익숙한 하루를 세세히 쪼개어 음미하며 보내기만 하면 된다.

여행지에서 시간이 천천히 흐르는 것처럼 느껴지는 이유는 모든 것이 새롭기 때문이다. 낯선 도시에서 우리는 오감을 곤두세우고 매 순간을 살아간다. 그곳의 공기와 바닷바람과 햇빛, 커피와 와인, 비둘기 대신 자주 보이는 갈매기 울음소리. 아침의 어스름과 오후의 노을, 밤의 달빛을 온몸에 바르고 크게 웃는다. 아무런 걱정 없이, 꼭 해야 하는 일이 하나도 없는 시간, 하고 싶은 것만 하면서 보낼 수 있는 무위의 날들에는 역할과 할 일로 가득했던 익숙한 곳에서의 삶보다 열 배쯤 느린 시계가 걸려 있다. 하나도 서두를 것이 없다.

어릴 적 나는 언제나 완벽한 때가 오기를 기다렸다. 그러나 예측할 수 없는 삶의 움직임 속에서 그런 것은 단 한 번도 주어지지 않았다.

내 앞에 펼쳐진 모든 순간은 약간의 미흡함과 불안으로, 희미하게만 느껴지는 확신과 작은 손안에 잡히는 만큼의 용기만 가질 수 있었으니까.

그걸 알게 된 후로 나는 더이상 언제 만날 수 있을지 알 수 없는 무언가를 기다리지 않는다. 어떤 생각이 내 머릿속에 떠오르면 최대한 빠르게 실행하려고 한다. 물론 놓쳐 버리는 것이 훨씬 더 많지만,

그렇게 수를 헤아릴 수 없는 시도와 아무것도 이루지 못하는 행위들의 사이에, 가끔씩 작은 것을 움켜쥘 수 있었고 그것들이 내 삶을 쌓아 가는 블록이 되어 주었으니까.

나만의
두 번째
도시

　여행이란 나만의 두 번째 도시를 찾아 헤매는 것 아닐까. 우연히 선택된 곳, 나고 자라 익숙한 이곳이 아니라 완전한 나의 의지로 찾아간 낯선 곳이 내 마음에 자리하는 순간, 처음 도착한 낯선 도시가 오랫동안 꿈꿔 온 바로 그곳일 때. 이제까지 모든 여행이 이곳으로 오기 위한 여정이 아니었을까 하는 생각으로 벅차오르는 그 순간을 만나기 위해서.

　침대에 모로 누워 지난 여행 사진들을 본다. 더웠고 추웠던 곳들, 비행기를 탔을 때와 다르게 내린 곳의 계절이 입고 있는 옷과 어울리지 않는 게 즐거워서 입술을 삐죽거리던 모습. 혼자거나 둘이었던, 낯선 나라에서 먹고 마시고 걷고 웃는 모습이 담긴 수천 장에 달하는 사진과 영상들.

한참을 자고 일어나도 앞좌석 화면 속 작은 비행기 그림은 여전히 바다 한가운데쯤, 좁은 좌석에 구겨지듯 앉아서 항공사의 이름이 새겨진 담요를 목 끝까지 끌어올린 채, 도착하면 만나게 될 그곳을 상상하고 또 상상하는 시간. 지루하던 긴 비행시간과 예상보다는 늘 맛이 없었던 기내식을 이렇게나 그리워하게 될 줄은 몰랐다.

올해 봄에도 아직 가보지 못한 나라로 떠나는 비행기 티켓을 사고 하루쯤 열심히 검색을 해서 찾아낸 숙소를 예약할 참이었다. 그렇게 3월, 혹은 4월쯤 올해의 가장 과감한 쇼핑을 마치고 나면 서점을 뒤져서 그곳에 관한 책 한 권을 사고 한겨울이 올 때까지 게으르게 읽으며 설레는, 나만의 여행 준비를 했을 텐데. 가본 적 없는 그곳을 끝없이 상상하고 또 상상하며 설렘의 수치를 높여 가는 시간을 보냈을 텐데.

자세한 이동 경로나 꼭 가봐야 하는 관광명소, 반드시 먹어 봐야 하는 맛집이야 네이버와 구글에게 맡기면 될 테니, 매일 틈만 나면 그곳은 어떤 곳일까 상상하는 것이 나만의 여행 준비 방식이다. 숙소 근처에 맛이 좋은 커피를 파는 카페가 있었으면, 산책하기 좋은 날씨가 이어졌으면, 열흘쯤 머무는 숙소의 호스트가 상냥했으면, 아름다운 오래된 책과 이미 사라져 버린 그 나라 브랜드의 빈티지 그 릇 한두 점을 우연히 사게 되었으면. 그런 기대로 봄을 지 나고 뜨거운 여름을 달려 서늘한 가을을 재촉해서 12월이 코앞에 다가오면, 부랴부랴 캐리어를 꺼내서 기억 속 비밀 번호가 맞는지 확인해 보았을 텐데.

올해는 베를린에 머무를 참이었다. 추운 겨울에 베를린 으로 가는 것은 어리석은 일이라는 충고도 몇 번 들었지만, 딱히 신경 쓰이지는 않았다. 어차피 내게 휴가란 일 년에 한 번, 12월의 절반 정도라 겨울의 그곳이 아니라면 언제 만날 수 있을지 알 수 없으니까.

적당히 막무가내로 결정했던 12월의 대만, 12월의 포르 투, 12월의 치앙마이가 운 좋게도 완벽한 여행지로 나를 맞 아 주었기 때문에 생긴 근거 없는 자신감일지도 모르지만. 혹여 12월의 베를린이 차갑고 삭막해서 여행 기간 내내 혼 쭐이 나서 돌아온다 해도 그건 그것대로 기억에 남는 날들 이겠지, 하며 느긋한 마음으로 다녀올 생각이었다.

포르투갈에 가게 된 것은 한 권의 책 때문이었다. 페소 아가 쓴 리스본 기행문을 읽고 그가 살았던 도시를 돌아보 고 싶다는 생각에 선택했지만, 막상 떠나기 직전에 리스본 이 아닌 포르투의 매력에 이끌려 그곳으로 향했었다. 치앙마이는 우연히 출판사 이벤트에 당첨되어 선물로 받았던 치앙마이 여행책 때문에 선택했었다. 그리고 베를린은 대학 시절 '독일 문화사'라는 교양수업에서 들었던 이야기와 '비긴어게인'이라는 프로그램 때문에 선택한 도시다. 독일에서는 한겨울이면 길가에 펼쳐진 마켓에서 뜨거운 글뤼바인을 판다는 이야기가 왜인지 마음에 남아 언젠가 그곳에 가게 된다면, 추운 겨울 두툼한 옷을 껴입고 컵 와인을 호호 불며 마셔 보고 싶다는 생각이 잠들어 있었다. 그것이 우연히 보게 된 '비긴 어게인'이라는 프로그램 속 베를린을 보며 떠올라서 가보고 싶어졌던 것이다.

나의 여행지 선택은 늘 이렇게 충동적이고 감상적이어서 오히려 고민할 일이 없었다. 선택은 단순하고 그곳으로 떠나야 하는 나만의 이유가 확실했으니까. 어쩌면 그래서 더욱 그곳에서의 날들이 만족스러웠던 걸까.

여행은 돌아올 곳이 있기에 떠날 수 있는 안전한 일탈, 답을 미리 알고서 빠지는 함정이지만. 알고도 기꺼이 속아주고픈 서프라이즈 파티처럼 매번 여행을 준비하며 처음처럼 들뜨고 만다.

말이 잘 통하지 않는 낯선 도시에서, 익숙한 곳에서 하던 대로 일상을 보낸다. 편안한 차림으로 숙소 근처의 카페에서 아침 커피를 마시고, 종일 낯선 도시의 골목길을 걷고, 새로운 음식을 맛보거나 예쁜 장면을 마주하면 사진을 찍어서 인스타그램에 올린다. 볕이 좋은 곳에서는 내 사진도 한 장 남기고, 헌책방에 들러 좋아하는 작가의 이름을 발견하면 수화물 무게 따위는 잊어버리고 몇 권씩 사고 만다. 잠시 쉬러 돌아온 숙소에서 책을 읽거나 음악을 듣고 짧은 낮잠을 자는 나른한 오후, 잠들기 전 깊은 밤에는 하얗고 폭신한 침대 위에 엎드려 일기를 쓰는 날들.

　그렇게 매년 차곡차곡 모은 기억을 소중히 여기다가, 어느 날 문득 아 거기-, 그곳에는 한 번 더 가야겠어. 그런 마음이 들면, 혹은 정말로 돌아오고 싶지 않을 만큼 머무르고 싶은 곳을 만나게 되면, 아 바로 여기에 오려던 거였구나 하며 고개를 끄덕이겠지.

　2020년의 12월은 비워 둘 수밖에 없겠지만 아쉬운 마음이 너무 커지기 전에 다독여 본다. 2021년, 2022년에는 아마도 갈 수 있겠지? 체코, 암스테르담, 이스탄불, 어디가 좋을까, 한 번도 가본 적 없는 낯선 도시의 겨울을 지금부터 상상해 본다.

나만의 두 번째 도시

***

　회사 다니던 때 휴가라고는 길어야 5일, 빨간 날이 운 좋
게 배치된다면 일주일, 하지만 그 연휴는 전국의 회사원들
에게 똑같이 적용되니 어디로 여행을 떠난다 해도 비싸고
사람이 많을 수밖에 없었다.

　그때와 다르게 지금은 빨간 날과는 상관없이 언제든 내
가 원하는 일정으로 평일 낮에 돌아다니고, 여행은 12월에
떠난다. 적당히 저렴한 비행기표와 사람이 많지 않은 시기
의 여행지에서 느긋하고 여유롭게 즐기는 휴가. 며칠 안에
많은 걸 보기 위해 빡빡한 스케줄로 움직일 필요도 없고
돌아가는 날을 생각하며 슬퍼할 이유도 없다. 2주, 혹은 한
달, 넉넉한 일정 속에서 한 도시를 천천히 즐기고 돌아올
때면 익숙한 곳의 일상이 반갑다.

　아틀리에를 시작하고 갔던 여행지에서 만난 다른 나라
사람들은 내 여행 기간을 들으면 꼭 묻곤 했다. 처음엔, 학
생이니? 방학이야? 두 번째는, 퇴사했니? 한국 사람을 좀
만나 본 사람들은 당연하다는 듯이 두 번째 질문도 심심치
않게 던졌다.

　회사를 그만두고 바로 떠났던 스페인, 한 달간의 산티아

고 순례길에서 만난 사람들도 비슷했다. 다른 나라 사람들은 대부분 휴가라고 답했지만 한국 사람들은 나처럼 퇴사를 했거나 퇴사 후 인생의 터닝포인트 앞에서 어떻게 살아가야 할지 생각하며 이 길을 걷고 있다고.

그러고 보니 나도 회사를 그만두고 다시 그림을 그리겠다고 마음먹은 뒤 떠난 한 달간의 순례길이었다. 한 달간 길 위를 걷는 게 뭐 그리 대단한 일이라고, 나는 그곳에 가기까지 4년 가까이 마음의 준비를 했었다. 이 정도 여행을 떠나기 위해서는 인생의 터닝포인트 정도는 꺼내 들어야 하는 한국 사람들, 우리는 온몸에 힘을 주고 삶을 악착같이 붙들어야 그럭저럭 살아지는 사회에서 비장한 마음으로 하루하루를 살아간다. 누구의 눈치도 보지 않고 휴가를 휴가답게, 여행을 여행답게 떠날 수 있도록 달라져야 하는 게 아닐까. 열심히 일하고 또 푹 쉴 수 있는 것, 그것만 확실히 보장된다면 회사생활의 만족도가, 삶의 질이 확실하게 높아질 텐데. 불가능한 것도 아닌 이 문장이 언제까지 까마득하게 느껴질까.

여행의 어느 밤에, 폭신한 침대에 걸러앉아서 맥주캔을 홀짝이며 손에 익은 노트에 일기를 적는다. 맨발이 차가운 바닥에 닿는 감촉이 기분 좋아서 낯선 마루의 무늬를 노트 한 켠에 그려 놓는다.

여행이란 현실과 비현실의 경계처럼 느껴지기도 한다. 한없이 나른하고 게으르게, 두고 온 일상은 잠시 잊고 지내도 괜찮은 시간.

나만의 두 번째 도시

둘이서 하는
포르투
여행

　혼자 하는 여행 내내 자리에 앉을 틈이 있으면 끄적이는 것과 다르게, 친구와 하는 여행은 무언가 적을 시간이 별로 없다. 웃고 떠드느라 신이 나서, 나 자신을 들여다보기보다는 서로를 마주하고 이 시간을 공유하느라 바쁘니까. 둘이서 한 여행의 이야기를 적는 것은 익숙한 곳으로 돌아와서다. 함께 걷고 먹고 마시고, 춤추고 노래 부르고 떠들었던, 여행의 순간들을 몇 번씩 곱씹어 보다가 들뜬 기분이 진정되면 그제야 무언가 쓰기 시작한다.

　그해 12월 31일, 새해 카운트 다운을 하기 위해 우리는 포르투 시청이 있는 광장으로 향했다. 이 도시의 온갖 사람들이 모두 그곳으로 향하고 있었다. 고요한 밤거리에 차들은 멈춰 있고 도로까지 들뜬 사람들로 가득했다. 우리는 종

220 / 221

일 도시를 돌아다니느라 조금 전까지 피곤했던 것도 잊어버리고 그들을 따라나섰다. 낯선 도시에서 맞이하는 새해, 혹은 한여름의 크리스마스처럼 12월의 여행이 갖는 매력에 한껏 취해서 들떠 있던 그 날의 우리.

반짝이는 조명으로 꾸며진 시청 건물이 가운데 세워진 아담한 광장이, 퇴근길 지하철처럼 사람들로 빽빽이 채워졌다. 들뜬 사람들은 노래를 부르고, 소리를 지르고, 누군가는 삑삑거리며 호루라기를 불고, 꽃가루를 뿌리며 춤을 추기도 한다. 드디어 다 같이 카운트 다운을 하고 자정을 맞이하는 순간, 새해가 시작되었음을 축하하는 불꽃놀이가 시작되었다. 머리 위에서 펑펑 터지는 색색의 불꽃 아래에서 우리는 서로에게 새해 인사를 건네고 방방 뛰며 즐거워했다. 곁에서 함께 환호성을 지르는, 어느 나라 사람인지도 모르는 낯선 이들과도 웃는 얼굴로 새해 인사를 주고받는다. 그 순간만큼은 같은 것을 느끼고 있는 사람들과, 까만 밤하늘에 화려한 불꽃이 부서지는 한동안 그 자리에 있었다.

한껏 상기된 얼굴로 숙소로 돌아가는 길, 아까 지나쳤던 작은 광장에서 음악 소리가 들려온다. 호기심에 향한 그곳에는 언제 만들어진 것인지 알 수 없는, 디제이들이 음악을

트는 번쩍이는 작은 부스와, 반대편엔 생맥주를 컵에 따라 파는 부스가 양쪽에 세워져 있고, 그 사이에서 온 동네 사람들이 모여서 신나게 춤을 추고 있었다. 예상치 못한 장면에 우리는 다시 웃음이 터져 버렸고 한 번 더 피곤함을 잊어버렸다. 어디서 왔냐고 묻는 앳된 얼굴의 남자애가 건넨 맥주를 한 잔씩 받아 들고, 어쩐지 올드한 빠른 비트의 팝 음악에 맞춰서 몸을 들썩였다. 둘러보니 십대, 이십대, 젊은이들과 할머니, 할아버지는 물론 꼬맹이들까지 온 가족 총출동한 모양새다. 다들 남 눈치 같은 건 볼 생각도 없는 듯 신나게 춤을 춘다. 한가운데서는 중학생쯤으로 보이는 남자애 둘이 검은색 라이더 재킷을 맞춰 입고 격정적으로 춤을 춘다. 학교에서 춤 좀 춘다 하는 애들인 걸까, 그 모습이 귀여워서 또 웃음이 난다. 마주 보고 끈적한 몸놀림을 과시하는 커플도 있고, 아빠의 어깨에 올라타서 까르르 웃고 있는 아이도 보인다.

포르투의 매력이 이런 걸까? 이곳은 어딘지 촌스럽지만 평화로운 분위기가 사람을 여유롭게 만든다. 그러면서 구석구석엔 힙한 곳이 숨어 있고, 사람들은 적당히 친절하고 약간은 쑥스러워한다. 커다란 플라스틱 컵에 담긴 맥주를 다 비운 우리도 본격적으로 춤을 추기 시작했다. 춤을 춘다기보다는 흥에 겨워 서로를 웃기려고 몸을 흔드는 것에 가깝지만 이 순간 이 자리에 함께 있다는 사실만으로 즐거워서 그런 건 아무런 상관이 없다. 사람들이 더 늘어나고 음악이 빨라진다. 갑자기 광장 한가운데서 기차놀이가 시작되고 점점 꼬리가 길어지더니 우리에게로 다가온다. 얼떨결에 광장 안의 사람들과 다 함께 한 줄 기차가 되어 빙글빙글 돌기 시작했다. 낯선 사람의 어깨에 손을 얹고, 낯선 사람의 손을 내 어깨에 얹은 채로, 음악에 맞춰서 두 발을 콩콩 구르며, 한참을 웃었다.

드디어 지칠 대로 지친 우리는 새해 첫날의 새벽이 절반쯤 지나갈 때가 되어서야 숙소로 돌아와 침대에 누웠다. 몸은 너무 피곤하고 졸음은 쏟아지는데 흥겨움이 가시지 않아서 평소에 잘 듣지 않는 온갖 아이돌 노래를 틀어 놓고 한참을 더 깔깔대다가 잠이 들었다. 한 해를 마무리하고 새해를 시작하기에 이보다 더 좋을 수 없는 포르투였다.

포르투에서 지낸 날들이 고작 여덟 밤뿐이었다는 것이 이상하다. 이야기는 이제 막 시작했을 뿐 적어 두고 싶은 이야기는 아직 한참 남아 있는데.

여행지에서는 시간의 흐름이 열 배쯤 느려져서 하루에도 너무 많은 것을 보고 듣고 느끼게 한다. 익숙한 곳에서의 일상은 하루, 이틀이 아니라 일주일, 한 달씩 뭉텅이로 사라지는데, 그래서 시간을 붙잡고 싶어도 손끝조차 닿을 수가 없는데. 여행자로 살아가는 동안에는 시간이 내 옆에서 찬찬히 보조를 맞춘다. 가끔은 더 깊고 예민하게 느끼라며 멈춰 서서 기다려 주기도 한다. 자꾸만 여행을 떠나고 싶어지는 이유 중 하나는 이처럼 친절한 속도의 시간을 만나고 싶어서가 아닐까, 여행자로 사는 동안에는 무엇에도 쫓길 필요가 없으니까.

다행히 둘이서 하는 여행은 혼자서만 기억하지 않는다. 함께 한 친구 안에도 같은 날 같은 경험이 고스란히 담겨 있다. 물론 모든 기억은 각자의 방식으로 다르게 쓰이겠지만, 언제까지나 우리는 이때의 시간을 꺼내어 이야기할 수 있다. 십수 년 전에 함께 갔던 엠티며 답사, 바닷가, 깊은 숲, 어떤 기억도 마주 앉아 꺼내 놓으면 다시금 생생해지는 것처럼, 포르투의 시간도 그렇게 살아 있을 테니까. 친구는 차곡차곡 기억을 채워 온 나의 앨범, 잃어버리고 싶지 않은 아름다운 일기장이다.

타인과 함께 하는 여행, 혹은 짧은 휴가를 보낼 때, 그 곁에 누워 노트를 펼치는 순간이 있다. 늦은 밤이나 새벽, 이른 아침, 곁에 누운 이가 먼저 잠에 빠지거나 아직 빠져나오지 못했을 때.

당신의 왼편에 누운 나는 사이드 테이블 위에 놓아 둔 와인색 노트에 손을 뻗는다. 바스락거리며 살짝 몸을 움직여 엎드린 채로 잠의 끄트머리에서 무언가를 쓴다. 함께 담긴 이불속에서 나는 당신의 온기를 약간 빌려 노트를 채운다.

하얀 종이를 채워 가는 까만 글씨. 이럴 때 적어 둔 짧은 글에는 함께 한 사람이 슬쩍 묻어 있다. 어쩔 수 없이 그렇게 되고 만다.

둘이서 하는 포르투 여행

가끔은
외로움도
좋은 것

    혼자 하는 여행은 공항에서 외롭다. 수속을 마치고 남는 시간 동안 면세점을 둘러보거나 간단히 무언가를 먹을 때, 한껏 들떠 있는 무리 사이에서 혼자 고요할 수밖에 없으니까.

    비행기 안에서는 어떤가, 나란한 3좌석 중 내 옆의 두 자리가 커플이라면 서둘러 잠들어 버리는 것이 안전하다. 이게 끝이 아니라 낯선 나라의 공항에 도착하면 가장 외로운 순간이 기다리고 있다. 빙글빙글 돌아가는 벨트 앞에 서서 캐리어를 기다리는 시간, 모두 시끌벅적하게 짐을 찾고 여행의 시작에 대한 기대를 떠들어 대며 하나, 둘 자리를 뜬다. 그 사이에 우두커니 서서 익숙한 캐리어를 발견하기 위해 두 눈을 크게 뜨고 있는 내내 나는 점점 더 외로워지고 만다. 겨우 캐리어를 낚아채 서둘러 공항 택시를 타러 가지만 숙소에 도착할 때까지는 긴장을 늦출 수 없다. 택시 기사의 인상을 살피고 한 손에는 핸드폰을 꼭 쥔 채 곧 가게될 숙소의 호스트에게 출발한다는 메시지를 남긴다. 혼자 떠난 여행의 가장 고독한 순간이라면 바로 여기까지다.

그러나 외로움을 견디면서라도 반드시 혼자서 여행을 떠나 봐야 한다. 그 경험을 한 번이라도 해본 사람과 그렇지 않은 사람은 분명히 다른 점이 있다. 완전히 혼자가 되는 날들, 그 시간 안에서 나와 내가 마주하는 여행을 통해서만 알게 되는 것들이 있으니까.

이제 앞으로 2주간, 불필요한 말을 할 필요도 미소를 지을 필요도 없다. 하기 싫은 것은 아무것도 안 해도 된다. 혼자서 떠난 여행이기에 가능한 완벽한 자유 안에서 푹 쉴 수 있다.

늘 사람들을 만나는 일을 하는 나는 다양한 사람들과 다양한 대화를 나눈다. 타인과 일상을 나누는 것을 좋아하는 나지만 진심으로 타인을 대하는 것, 우리의 관계를 쌓아 가는 일은 절대 가볍지 않아서 에너지가 많이 쓰인다. 혼자

가끔은 외로움도 좋은 것

하는 여행은 그렇게 소진된 에너지를 새롭게 채우고, 걸러 내지 못한 말의 찌꺼기들을 깨끗하게 비우는 시간이다.

일행이 없기에 가능한 침묵이 주는 편안함을 만끽하며, 천천히 산책을 하고 커피를 마신다. 가만히 앉아서 호수와 오래된 석탑을 바라보고 느리게 책을 읽거나 그저 떠오르는 것들을 노트에 적는다. 혼자 하는 여행은 나 이외에는 아무것도 신경 쓸 필요가 없으므로, 매 순간 여유롭게, 할 수 있는 만큼 최대한 게으름을 피운다.

우리는 관계 속에서 살아가는 존재들이라서 나를 제대로 바라보기 위해서도 타인이 필요하지만, 그보다 가장 먼저 해야 하는 것은 자기 자신과의 관계 설정이다. 내가 나와 잘 지낼 수 있어야 나와 너, 우리가 잘 지낼 수 있으니까. 내가 무엇을 좋아하는지, 싫어하는지, 지금 느끼는 감정과 생각에 대해 솔직하게 묻고 답하고 기다려 주는, 내가 나를 듣는 시간을 가져야 한다. 아무런 방해 없이, 나와 나만 존재하는 날들이 필요해서 이렇게 먼 곳으로 떠나오는 게 아닐까.

이런 시간이 내 안에 충분히 담겨 있어야 가끔, 아니 살아가며 수없이 만나게 될 자신과의 불화, 만족스럽지 못한 자신에 대한 실망과 자책에 짓눌릴 때도, 포기하지 않고,

대충 얼버무리지 않고 똑바로 자신을 바라볼 수 있다. 어떤 상황과 결과에도 내가 나를 사랑하고 있다는 확신, 나를 위해 내 삶을 가꾸는 노력을 멈추지 않겠다는 약속, 내가 원하는 삶을 정직하게 욕망해도 괜찮다는 응원을 지치지 않고 할 수 있다.

그러나 우리는 눈에 보이는 타인과의 관계는 노력하고 애쓰면서 드러나지 않는 자신과의 관계는 쉽게 잊어버리고 모른 척하는 실수를 하기 쉽다. 바깥에서 보이지 않기에, 타인이 알아채기 힘들기에 소홀히 여기기 쉽지만 나와 내 사이가 평화롭고 단단하지 못하면 누구보다 자신이 괴로워진다. 나밖에 알지 못하는 내 삶의 본질이 흔들리게 된다. 누구도 나보다 나를 잘 알기 어렵고, 누구도 나보다 나에게 잘해 줄 수 없다. 그렇기에 어떤 관계들보다도 나와 나의 사이를 우선에 두고 세심하게 살펴야 한다. 아마도 내 마음에 드는 나는, 세상 그 누구와도 잘 지낼 수 있을 테니까.

아직 오후, 하루가 적당히 남아 있다. 작은 가방에 지갑과 휴대폰만 챙겨서 숙소를 나선다. 웃는 얼굴로 사와디카- 인사를 건네는 숙소의 직원에게 같은 인사를 건네고 익숙한 방향과 반대로 걸어 본다.

낯선 나라의 골목길이지만 길을 잃어버리면 곧바로 손에 든 휴대폰 속 구글맵이 친절하게 올바른 방향을 알려 주니 걱정 없다.

왜 삶에는 내비가 없을까? 길을 잃어버리는 건 지겹도록 해봤는데.

특별하지 않은
타이베이의
밤

    아침은 무를 가득 넣은 황탯국이었다. 김이 모락모락 나는 맑은 국물, 입안에 넣는 순간 부드럽게 으깨어지는 네모난 모양의 달큼한 무, 씹을수록 고소한 맛이 나는 말린 생선포와 보들보들하게 풀어지는 크림색 계란, 큼직하게 썰어 넣은 흰색과 연두색 파가 가득 담긴 한 그릇. 가볍게 달리고 들어와 따끈한 국을 호로록 먹고 있자니 호사스러운 기분이 든다. 천천히 국그릇을 비워 가다가 문득 타이베이에서 먹었던 피시스프를 떠올린다.

    어느 해의 12월 휴가는 타이베이였다. 아마도 여행의 둘째 날 즈음, 종일 신나게 도시를 돌아다니고 숙소로 돌아가던 길, 친구와 나는 갑자기 허기가 져서 무언가 먹고 들어가자고 의견을 모았다. 그러나 자정이 가까워진 깊은 밤,

중심지의 모든 상점은 이미 문을 닫았고 호텔 근처에도 출출한 배를 채울 만한 곳은 없었다.

친구와 나는 종일 돌아다니느라 체력소모가 컸는지 평소와는 다르게 낯선 도시의 어둠 속에서도 포기하지 않고 계속 골목 사이사이를 걸었다. 그렇게 얼마나 헤매었을까, 백 미터쯤 앞에 따뜻해 보이는 노란 불빛과 김이 모락모락 흘러나오는 곳을 발견하고는 서둘러 그곳을 향해 걸음을 재촉했다.

앞에 도착해 보니 그곳은 현지인들이 삼삼오오 앉아있는 노포, 퇴근길에 들린 듯한 아저씨들이 대부분인 것 같았다. 좁은 테이블 앞에 앉아서 무언가를 먹고 있는 사람들이 듬성듬성 자리를 채운 가게는 마치 오래된 시장 골목 안에 있는 손으로 빚은 만두와 찐빵을 파는 가게와 비슷한 분위기였다.

우리는 비어 있는 자리에 앉아서 이리저리 다른 테이블 위의 음식들을 살펴보고는 메뉴를 골랐다. 동그란 모양으로 빚은 피시볼 여러 개와 투박하게 자른 커다란 무 한 덩어리가 들어 있는 따끈한 수프와 모두 하나씩은 먹고 있는 갈색 주먹밥. 주문하자마자 금세 나온 그것은 오늘 아침의 황탯국과 비슷한 맛이었다. 처음 와본 도시의 처음 맛보는 음식이지만 쫄깃한 피시볼과 푹 익어서 수저로 떠먹는 무가 낯설지 않았다. 쌀쌀한 날씨, 늦은 밤의 어둠, 하루가 끝나가는 지점의 허기, 그 모든 것과 아주 잘 어울리는 맛. 세모 모양의 주먹만 한 크기로 뭉쳐진 밥은 간장 양념이 되어 있는지 약밥처럼 짭조름했다. 옆자리 아저씨가 하는 모양새를 흉내 내어 테이블 위의 소스를 곁들여 한 입 떼어 먹으니 쫄깃하고 감칠맛 나는 쌀이 입맛을 돋우고 기운을 차리게 해주었다.

오늘에서 내일로 넘어가는 길목의 어둠과 고요 속에서, 다들 소란스럽지 않게 피시볼을 떠먹고 주먹밥을 꼭꼭 씹어 먹는다. 따뜻한 불빛과 찜기에서 뿜어져 나오는 김이 서린 작은 공간, 우리도 자연스럽게 그 분위기에 녹아들어 맛있다는 말을 속닥거리며 부지런히 수저를 움직였다.

동전 몇 개로 값을 치르고 나온 우리는 따끈해진 뱃속이 기분 좋아 조잘거리며 어두운 골목을 느긋하게 걸었다. 허기진 채로 헤매던 아까와는 다르게 숙소로 돌아가는 길은 짧았고, 살짝 홍조 띤 볼을 하고 호텔로 돌아와 푹신한 침대에 눕자마자 금세 잠이 들었다.

타이베이에 머무는 동안 먹었던 수많은 음식들, 한 상 가득 차려진 화려한 훠궈와 고급스러운 식당, 달콤했던 빙수와 디저트, 아름다웠던 카페의 진한 커피와 부드러운 수플레 케이크… 다 적어 두기엔 너무 많은 것들 사이에서, 유독 그날 밤의 기억이 선명하다.

코끝이 시려 오는 추운 겨울이 시작되면, 따끈한 국물이 먹고 싶어질 때면 떠오르는 기억. 함께 갔던 친구와 언젠가 타이베이에 다시 가게 된다면 한 번 더 가보자고 이야기하는 곳.

익숙한 삶이 아주 가끔 만나게 되는 화려한 이벤트와 대부분의 사소하고 별거 아닌 장면들로 이루어지는 것처럼, 여행의 기억들도 그렇게 채워진다. 낯선 나라와 도시, 그곳에서만 경험할 수 있는 특별한 것만큼이나 소소한 장면이 마음에 오래도록 남는 순간. 두고두고 기억하게 될 사소하고 별거 아닌 장면. 그런 것들을 소중히 여기며 살아가는 법을, 아이러니하게도 특별한 이벤트로 떠난 여행에서 다시 배운다.

6. 남은 일기 조각들

지울 수 없는 것이 너무 많다는 것,

세상엔 생각보다 지워지지 않는 것이 즐비하다는 것을,

다들 알고 있지만,

실로 얼기설기 엮어서라도 괜찮은 척 해본다.

봄

2019. 3. 18

기대지 않고, 기대하지 않으려고 애쓴다. 그러다 보면 지치는 순간이 여지없이 찾아온다.
그럴 때, 어루만짐이 되어 주는 것은 아주 작은 것들. 시간은 흐르고 봄이 오면 꽃이 핀다, 그런 명확한 사실들.

2019. 3. 11.

모든 것으로부터 멀어지는 기분이 들 때가 있다.
내려야 하는 정류장을 잃어버린 버스 여행처럼, 마지막 장이 존재하지 않는 소설책을 읽고 있는 것 같은 기분. 테이블 위에는 아무리 잔을 채워도 비워지지 않는 와인병이 말없는 타인처럼 나를 바라본다.

이럴 땐, 가만히 홀로 있어야 해, 인내심을 가지고 내가 나를 단단히 붙잡을 때까지 기다려 주는 거야.

2019. 3. 8.

봄의 가장 사랑스러운 것이라면, 단연코 너의 햇살이다.

쏟아지는 빛이 잘게 부서진다. 광화문 높이 솟은 빌딩들의 유리창 위로, 아직 잎사귀 옷을 걸치기 전인 나뭇가지에, 더럽혀진 아스팔트와 미세먼지로 얼룩진 신호등 위에도.

출근 시간, 피곤해 보이는 사람들의 얼굴을 문지르는 봄 햇살의 온유함, 인상을 찌푸리거나 잰걸음으로 사라져 버리는 뒷모습마저도 차가워 보이지 않는다.

봄은 내 눈과 마음에 작은 필터를 끼운다. 빛이 사르르 번지는 그것을 끼우고 있노라면 살아 있는 모든 것이 안쓰럽기만 하다. 안쓰러운 마음은 사랑으로 번진다.

나는 봄이 오래가기를, 넘치는 햇살을 흥청망청 부려 주기를, 뭣 모르고 산타를 기다리는 아이처럼 바라본다.

2019. 3. 4.

포기나 체념이 꼭 부정적인 것만은 아니다. 삶의 어느 순간
에는 그 단어들이 필요할 때가 있다.
그럴 때는 세련되게 타협하고 싶다. 너무 큰 절망이나 후회
로 뒤범벅되지 않고, 억지스럽지 않게. 그런 태도가 '어른
스러움' 아닐까.
내 마음처럼 되지 않는 일들 앞에서, 어린애처럼 발을 구르
며 떼쓰고 싶은 마음을 추스르는 것이 쉽지는 않겠지만.

2018. 5. 10.

방전된 램프처럼 깜빡거리는 채로 열흘을 보냈는데, 오늘
아침 출근길은 조금 다른 기분이 든다. 다시 끄적이고 있다
는 게 분명한 증거.
요즘 만사가 귀찮다-는 것은 틀린 문장이고, 의욕과 체력

이 간당거리며 빨간불이 들어와 있었다. 욕심만큼 움직이지 않는 자신을 바라보며 느끼는 실망은 얼마나 익숙하고 지겨운지. 내가 나를 아끼는데도 그런 기분은 종종 든다. 인간은 왜 이렇게 복잡하고 단순할까?

매일 하는 것, 반복과 습관의 무서움을 떠올린다. 하루가 해와 달로 나뉜 것은 얼마나 다행인지. 덕분에 긴 밤을 보내고 잠에서 깨어 나면, 한 주가 지나가고 새로운 월요일이 오면, 31일이 저물고 핸드폰 화면에 1이라는 숫자가 뜨면, 다시, 새롭게 시작하겠다고 마음먹을 수 있다.

2018. 4. 30.

2호선 환승을 위해 긴 구간을 걷는다. 그 사이 에스컬레이터에 여러 번 오른다. 위를 향해 움직이는 길다란 계단에 올라서서 나는 고개를 뒤로 젖혀 천장을 바라본다.

어느 지점에 있는 환풍구는 검게 그을려 있다. 높은 천장은 손이 닿지 않아 그대로 둔 것일까, 그것을 발견한 이후로 나는 매일같이 확인한다. 검은 연기같은 자국은 늘 그 자리에 있다. 손이 닿지 않는 곳.

사람들에게도 어쩌면 저마다 손이 닿지 않는 그을음이 있는 게 아닐까, 아무리 뻗어 봐도 스스로 닦을 수 없는 위치에 까맣게 그을린 자국이.

누군가 높은 사다리를 타고 올라가 깨끗이 닦아 주지 않으면 그대로일 수밖에 없는. 거울 없이는 자신의 얼굴도 볼 수 없는 사람들은, 타인 없이 완전히 홀로 존재할 수 있을까.

출근길, 그리고 퇴근길, 매번 확인하는 그곳에 새까만 그을음을, 아무도 모르게 깨끗이 닦아 주고 싶다.

2018. 4. 30.

머리를 거꾸로 숙인 채 샴푸거품을 문지르다 보면, 컵에 든 물이 흘러넘치듯 머릿속 깊은 바닥에 가라앉아 있던 기억들이 쏟아진다.

아, 그때, 그 중요한 순간들을 과거의 나는 왜 알아채지 못했을까.

어떤 날은 후회와 자책을, 어떤 날은 아무리 시간이 흘러도 색이 바래지 않는 행복한 기억에 미소를 짓는다. 그렇게 흠

빽 젖은 개운한 머리칼을 한 채 마시는 아침의 커피는 그 날의 기억에 따라 맛이 다르다.

2019. 3. 7.

웅웅-거리는 버스의 소음을 배경 삼아 모두 각자의 자리에 앉아 있다. 창문을 가로지르는 투명한 얇은 호스는 커튼을 고정하기 위한 것이지만, 어딘가 느슨해져 있는지 떨림은 소리가 되어 일정하게 박자를 맞춘다.

오른쪽 맨 뒷좌석에 앉아 한강을 건너는 동안은 휴대폰에 저장된 플레이리스트와 함께 창밖을 구경한다. 여섯 곡이 흐르는 동안 스치는 풍경은 매일 낮과 밤에 반복해서 보아도 질리지 않는다. 버스는 커브를 돌고 언덕을 오르내리며 작은 차들을 추월해 달린다.

고속도로에 접어들면 풍경은 영 재미가 없어진다. 단조로운 도로의 끝없는 반복, 이때쯤 책을 펼친다. 출근길에 읽던 곳을 이어서 읽는 퇴근길, 나의 하루의 시작과 끝이 연결된다.

왼쪽에 앉은 남자는 바스락거리며 신문을 읽고, 앞자리의 남자는 고개를 불편하게 떨군 채 잠에 빠져 있다. 누군가의 쌕쌕거리는 콧소리가 버스의 웅웅-거리는 진동과 묘한 화음을 이룬다.

다섯 평쯤 될까, 버스 안의 공간. 모두 앞을 보고 앉아서 같은 목적지를 향하고 있다. 서른 명 정도의 아무런 연결고리가 없는 타인이 반쯤 투명한 상자에 모여 앉아 한 시간쯤 머무른다. 다시 생각해 보면 기묘한 순간이다.

2019. 4. 3.

퇴근길, 오늘의 장면들을 역순으로 나열하며 드는 생각은 행복하다고 말하지 않으면 안되겠다- 싶을 만큼 온통 좋은 것들뿐.

실없는 이야기로 눈물이 나도록 같이 웃으며, 맛있는 걸 나누어 먹은 저녁. 마주한 순간 탄성이 나왔던 벚꽃 가득한 창문 앞에 앉아 예쁜 디저트를 나누던 오후. 봄 햇살과 돌담길, 동시대의 위대한 예술 작품들을 즐긴 아침. 매일 앉는 내 자리에서 그림을 그리고 글을 쓰는 시간.

생의 한가운데에서, 가장 찬란한 순간이 언제일까 의문이

들 때면, 바로 지금, 이라고 대답하겠다 마음먹은 오늘.

2019. 3. 26.

결핍에 대해 이야기 할 때 우리는, 잠시 머쓱해지곤 한다.
어떤 구성원 사이에서 어떤 삶을 살아왔던지, 그리고 앞으로 누군가와 어떻게 관계 맺으며 살아가던지, 우리 안의 결핍은 모두 다른 모양새로 예외 없이 존재할 것이다.
아주 오래전부터 지니고 살아온 그것에 대해 누군가는 여전히 슬퍼하고, 누군가는 시간이 흐른 만큼 대수롭지 않게 여기겠지만, 그것에 대해 이야기하는 얼굴들은 모두 기억을 더듬으며 흔들리는 표정을 짓는다.
이제껏 스스로 할 수 없었듯이, 어떤 타인도 그것을 채워 주거나 사라지게 해줄 수는 없겠지만, 우리 모두 형태만 다를 뿐 본질은 같은 것을 가지고 있다는 단 하나의 사실이, 작은 위로가 되어 준다.

봄

2019. 3. 26.

봄, 사랑, 벚꽃 말고.

오늘도 하루는 떨어지는 꽃잎처럼 순식간에 사라져 버리고, 자정을 넘긴 시간, 아슬아슬하게 내일로 넘어가는 둔턱에 집에 도착한다.

피곤한 날에는 욕조에 긴 시간 앉아 있는 것을 좋아하지만, 시간이 없으니 따뜻한 물을 낭비하기로 한다.

천천히 씻고 나와 라디오를 켜니 아이유가 그런다. 봄, 사랑, 벚꽃 말고. 이런, 나는 요즘 그 세 가지에 대해서 많이도 떠들어 댔는데, 미세먼지도 봄기운을 막을 수는 없었는데. 멍하니 그런 생각을 하며 젖은 머리칼을 문지른다.

2019. 3. 15.

문제 풀이 방법을 외운 시험은 쉽다.

마치 운전면허 학원에서 보는 시험처럼. 핸들을 잡고 오른쪽으로 두 번, 왼쪽으로 하나 반, 공식처럼 외운 대로 차를 움직이는 것은 어려울 게 없다.

하지만 막상 면허를 따고 도로 위에 나서면, 공식 따위는 사라지고 예측불허한 상황만이 있다. 그제야 두려움은 모습을 드러낸다. 아무리 예상 문제를 풀었어도 미리 답을 알 수는 없으니까, 긴장되고 실수도 한다.

삶은 바이올린을 배우면서 대중 앞에서 연주하는 것이라고 했던가.

불안정한 음정의 듣기 싫은 소리가 나더라도 언젠가는 아름답고 우아한 음악이 되기를 기대하며, 계속해서 연주하는 수밖에 없다. 두렵다고 핸들을 놓아 버리면 도로는 아수라장이 될 테고, 바이올린 위에서 활을 멈추면 어색한 적막이 흐를 뿐이다.

어제는 정답을 찾은 것 같았는데 오늘은 모르는 문제를 새로 푸는 기분이 든다면, 삶을 제대로 살고 있는 것일 테니까.

2019. 3. 19.

깨진 도자기를 실로 묶어 놓은 사진을 보았다.

그것은 마치, 연필의 흔적을 지우개로 깨끗이 지워도 종이에 남겨진 자국만으로도 읽을 수 있는 글자처럼 보인다. 갈라진 틈은 합을 맞춰 놓았지만 바람이 새고 물이 흐른다.

지울 수 없는 것이 너무 많다는 것, 세상엔 생각보다 지워지지 않는 것이 즐비하다는 것을, 다들 알고 있지만, 실로 얼기설기 엮어서라도 괜찮은 척 해본다.

그렇게 안간힘을 쓰는 것이 어여쁘고 측은하고, 그러다 보면 정말 괜찮은 것 같기도 하고. 사진 한 장 스치듯 보았을 뿐인데 이렇게나 많은 말을 하다니, 아직도 한참 멀었다.

2019. 3. 15.

퇴근 시간의 9호선이란 약속된 혼란이니까, 작고 샛노란 박상수의 시집을 손에 쥐고 마음의 준비를 단단히 했다.

예상대로 지하철의 문이 열릴 때마다 사람들이 우르르 밀고 들어왔고, 시선 한번 마주친 적 없는 타인들은 오늘 만난 그 누구보다 가깝게 밀착할 수밖에 없다. 내 정수리 위로는 잔체크무늬 셔츠를 입은 팔이 있고, 왼쪽으로는 네이비 컬러의 반코트를 걸친 어깨가, 앞에는 커다란 백팩, 그리고 정확히 알 수 없는 누군가의 등, 무릎, 팔과 다리, 발이 나의 어딘가와 맞닿아 있다. 우리는 서로에게 강제로 기댄 채 열차에 실려 이동한다. 남쪽으로 남쪽으로.

화가 나거나 피식 웃거나, 이래저래 자꾸 감정을 쿡- 찌르는 시들을 떠올리며 버텨 본다. 몇 정거장 남았더라? 고개를 들어 노선도를 살피다 보니 운 좋게 자리에 앉은 한 사람이 손에 든 책이 눈에 띈다. 『2019 부의 대절벽』 59페이지, 미간에 힘을 주며 슬쩍 들여다보니 무언가 돌고 돈다는 경고의 글이 적혀 있다. 『오늘 같이 있어』를 들고 있는 내 손은 잠시 머뭇거린다. 우리가 지금 서 있는 곳이 절벽이라면, 오늘 같이 있어야 하는 거 아닐까.

그렇게 쓸데없는 생각을 하다가 또 우르르 사람들에 쓸려 열차에서 내뱉어진다.

봄

여름

2020. 7. 29.

비오는 날, 혹은 비 내린 다음 날, 빗물로 얼굴을 씻은 세계는 한층 더 사랑스럽다.

깨끗하고 보드라운 꽃잎, 촉촉히 물기를 머금은 잎사귀, 그런 것들이 반짝반짝 빛나는 세계.

여름에는, 빗방울이 차갑다고 느껴진 적이 없다. 우산 손잡이를 쥔 손등에 떨어진 빗방울, 이마에 흐르는 빗물, 샌들 사이로 드러난 발등을 적시는 폭우도, 가끔 마음이 시린 날에는 따뜻하기까지 하다.

2020. 7. 6.

오래된 달걀의 노른자가 힘없이 흰자에서 분리되는 것처럼, 접착력이 약해진 포스트잇이 툭 하고 바닥으로 낙하하듯이, 마음이 몸에서 분리되려고 하는 순간을 가까스로 넘기는 방법들-이라고 해봐야 별것 없지만.
음악을 듣고 책을 읽어서 겨우겨우 끄트머리를 잡아 본다. 한번 잃어버리면 되찾기 쉽지 않아서, 어쩌면 영영 돌아오지 않을지도 모르니까.

2018. 7. 21.

어차피 무엇을 입어도 덥다. 그렇게 마음먹으면 편하다.
무더위는 사람을 무장 해제시킨다. 사색이나 현명함은 분명 여름보다는 봄, 가을에 어울린다. 행동이 느려지고 생각은 멈추는 계절, 차라리 이런 순간이 있는 게 다행인지도 모르지. 그럴듯해 보이려고 부풀리고 꾸며 봐야 흐르는 땀에 맨얼굴이 드러나고 만다. 그것은 나름 통쾌한 기분.
시원한 카페에 앉아서 얼음이 가득 든 차가운 커피를 마시며, 뜨거운 여름 해 아래를 걸어온 조금 전의 나를 까맣게 잊는다. 잊을 수 있어서 사람들은 살아간다. 이토록 뜨거운 여름도 곧 지나가리라.

2018. 6. 29.

글과 말, 마음과 음식, 체온과 애틋함을 나누며 산다.
곁에 소중한 사람들이 있다는 것은 삶이 주는 뭉클함. 우리가 시간과 순간을 공유하며 나눈 것들이 우리를 어떻게 바꿔 놓을까, 혹은 여전히 변하지 않도록 붙잡아 줄까.
글과 그림과 음악, 음식과 술, 공간과 향, 손짓과 살결, 맞닿으면 서로에게 스며드는 온기가 우리의 겹쳐진 작은 부분을 확장시킨다. 조그맣게 시작된 파동이 점점 더 큰 원을 그리고 우리를 세밀하게 연결한다.

2018. 8. 29.

분주한 아침 시간, 간단히 차린 과일이라도 아름다운 그릇에 담아 식탁에 올리면 기분이 좋다.

매일 한두 번은 꼭 마주하는 식탁을 아름다운 것으로 채우는 일은 사소하지만 확실한 즐거움이다.

너무나 빠른 속도로 흘러가는 삶 위에서, 이토록 소소하고 확실한 기쁨을 함께 누릴 수 있었으면, 그런 마음으로 문을 여는 아침.

2018. 8. 27.

공기 중에 희미하게 녹아 있던 흙과 돌, 풀과 나무들의 숨 냄새가, 비에 젖으면 기다렸다는 듯 짙어진다.

오랜만에 내리는 비를 보며 출근하는 길, 차분하고 시원한 월요일.

반듯하게 다려두었던 민트색 실크 셔츠를 입고, 소매를 걷지 않고 손목의 단추를 채운다.

지하철에 앉은 사람들도 발가락이 보이지 않는 이들이 대부분이다. 다들 샌들을 벗어 두고 도톰한 양말을 챙겨 여름에서 가을로 넘어가는 길이다.

여름

2018. 8. 6.

아침 일찍부터 바빴던 날, 늦은 퇴근길.

느닷없는 비에 하필이면 우산이 없는 가방을 메고서는 얇은 블라우스가 젖어 가는 걸 느끼며 걷는다.

'비'라는 건 그렇지, 어제까지 들고 다녔던 우산을 테이블 위에 두고 온 날 내리는 것. 아침에 옷장 앞에서 떠올린 좋아하는 원피스는 꼭 세탁기에 들어 있다. 당신이 문득, 지금 갈게, 라는 문자를 보내오면 오늘따라 머리 모양이 마음에 들지 않는건 왜일까.

그런 날이 있는 거지, 응, 뭐, 그래.

그런 뭉글뭉글한 기분으로 비를 맞으며 걸어가는 밤.

2018. 8. 29.

8월의 끝자락에 태풍을 걱정하던 날들.

다행히 무던하게 지나가는구나- 안심하던 찰나에 비가 내린다. 오늘은 종일 퍼붓는 비 덕분에, 그림은 잘 그려졌지만, 퇴근길이 쉽지 않았다.

비의 장막에 갇혀서 작업하는 시간을 사랑한다. 사랑한다고 말하지 않고는 못 배길 만큼.

퍼붓는 비가 세계의 소음을 차단하고, 작은 상자 속에 갇힌 듯 공간을 분리한다. 귀를 시원스레 파고드는 빗소리와 피부에 닿는 축축하고 습한 공기,

눈앞이 어른거리는 물방울들이 만드는 동굴 같은 현상 속에서 그림을 그린다.

이런 날에는 틀어 놓은 음악도 잘 들리지 않는다. 모든 것으로부터 분리된 채로 손에 든 붓과 팔레트 위에 흐트러진 물감과 코를 찌르는 오일향만 생생해진다.

흘러내리는 구불거리는 머리카락은 아무렇게나 귀 뒤로 넘긴 채, 아무것도 생각하지 않고 손가락만 미세하게 움직인다.

여름

가을

2018. 10. 3.

균형에 대해 생각한다.

사람을 이루는 여러 축, 하나의 지점이 흔들리면 삽시간에 퍼져 나간다. 전체를 뒤흔드는 것은 거대한 파도가 아니라 작은 틈새 하나다.

며칠 전 떠오른 문장 하나가 오래도록 머릿속에 남아 있다. 관계 속에서 불행해지는 가장 빠른 방법은 단 하나의 타인에게 모든 것을 원하는 것이라던. 타인으로부터 충족시키고픈 욕망들을 단 한 명에게 요구하는 것, 가장 먼저 스스로를, 그리고 곁에 있는 그 사람을 불행하게 만들 수 있는 확실한 방법이라고.

2018. 10. 15.

가늘어진 할머니의 손가락 끝, 엄지손톱에는 봉숭아물이 남아 있었다. 몇 번 잘라 내면 사라질 붉은 생기가 애잔하게 매달려 있었다.

할머니는 빨간색을 좋아하고 화려한 옷들을 좋아하셨다. 어릴 적 기억 속에 조막만 한 두 손으로 할머니 생신 선물로 드렸던 빨간색 양말이 떠오른다. 할머니는 며느리들에게 다정한 시어머니나 아들에게 따뜻한 엄마는 아니었지만, 그래도 할머니 손에 자란 어린 시절이 남아 있는 내게는 미우면서도 좋았다.

5살인가, 할머니가 나를 낮잠 재워 두고 시장에 가서 혼자 깨보니 아무도 집에 없는 것이 무서워 엉엉 울었던 기억에 할머니가 미웠는데, 7살쯤 넘어진 나를 치고 간 자전거 탄 청년을 불같이 쥐잡이 하는 것을 보고 맘이 조금 풀렸다.

고기를 좋아해서 살집이 좋던 할머니 등에 업혔던 희미한 촉감이나 유치원 생일파티에서 한복 입고 나란히 찍은 사진이 기억난다.

빨강을 좋아하는 할머니는 늘 가느다란 머리칼을 새까맣게 염색하고 빨강 루즈를 발랐다. 할머니 화장대에는 보기엔 초록인데 바르면 빨강이 되는 신기한 루즈가 있었다. 어 릴 적에 그것을 열었다 닫았다 하고 할머니가 바르는 걸 구경하는 게 재미있었다.

이런저런 기억들이 먹다 흘린 과자 부스러기처럼 살갗을, 아니 마음을 까끄럽게 한다. 툭툭 털어 버리고 싶어도 잘 되지 않는 따뜻한 슬픔들.

아흔을 넘기고 이제 남은 기억들은 아들들 얼굴과 이름뿐 인 할머니에게 나 누군지 아냐고 물었던 일요일 오후, 날이 너무 좋았다. 할머니는 내가 누군지 모른다고 했다가, 새봄 이가 이렇게 많이 컸냐고 했다가, 가만히 눈을 감았다.

이제 할머니 얼굴엔 빨강이 없다. 얼마 남지 않은 성성한 머리칼은 희고 입술도 색이 없다. 분냄새도 나지 않고 살이 빠져 얼굴도 두툼했던 손도 갸날프다. 만져 본 손이 아직은 따뜻한데도 우리 할머니가 아닌 것 같아.

이제 종일 침대에 누워 있는 할머니, 할머니가 바라볼 창밖 을 한참 보았다. 하늘 아래 멋없는 건물들뿐이라 눈물이 그 치질 않는다. 순리대로, 흐르는 삶 위에서 걷는 것만으로도 울고 웃고 마음이 파도친다. 우리는 살아가고 죽어 간다. 나는 어리고 젊고 나이 들었다.

고개를 여러 번 흔들어 보아도 쉽게 떨쳐지지 않는 어제의 기억을 떠올리며, 출근길에 잎사귀 하나를 손에 쥐고 간다. 할머니 손톱이 생각나서 빨갛게 물든 것을 하나 뜯었다. 내 마음도 두 눈도 빨갛게 물든다.

2018. 10. 9.

가장 원하는 것을 선택하기 위해서는 용기가 필요하다. 결단을 내리기 두려워 차선을 선택하거나 타협하는 태도가 몸에 익어 버리면, 놓치게 되는 것이 많아진다. 사람, 음식, 물건, 소소하게는 단 한 잔의 커피부터 삶의 큰 결정들까지. 과한 것을 무리해서 탐하라는 것이 아니라 정직하고 진실되게, 오로지 자신의 욕망을 기준으로 두고 선택할 것. 쓸데없이 겸손하거나 소심하게 굴지 말고, 과감해질 것. 아쉬움과 후회라는 단어가 그림자처럼 따라붙는 게 싫다면. 착한 아이, 여자다운 모습, 혹은 그것이 어떤 타이틀이든, 사회적으로 세습되거나 타인이 주입한 이미지에 갇혀서 원하지 않는 색으로 물든 삶을 살지 않도록 애써야 한다.

가을

2018. 10. 24.

막연히 '좋은 사람'이 되고 싶은 것이 아니다.
나는 '내가 되고 싶은 사람'이 되고 싶다.
누구나 어떤 이에게는 좋은 사람, 어떤 이에게는 나쁜 사람
으로 살아갈 테니까. 모두에게 완벽한 사람은 없다.
무엇보다 내가 어떤 사람이 되고 싶은지, 그게 가장 중요하
니까, 타협하고 싶지 않다. 아무도 모르는 혼자만의 기준을
지키려고 애쓰는 것은 어렵지만, 세상에 쉬운 게 어디 하나
라도 있을까.
쉽게 얻은 것은 금세 사라지니까, 시간이 좀 걸려도 찬찬히
공을 들여 본다.

그리고
겨울

2018. 12. 22.

많은 사람과 스치는 하루, 그러나 이름을 알게 되는 타인은 흔치 않다. 모든 존재에게 이름이 있지만, 언어가 많은 것을 이루는 사람에게 이름이란 더욱 특별하다.

내가 당신의 이름을 알게 되는 순간, 당신이 나의 이름을 부른 바로 그 순간부터 우리는 서로에게 확실한 무게감을 가지는 타인이 된다. 스치듯 지나가는 익명의 누군가에서 언제든지 일시정지 버튼을 누를 수 있는 아는 사람으로의 변화. 아는 사람, 그 단어도 참으로 오묘하다. 이름 하나 주고받았을 뿐인데 그이는 이미 아는 사람의 영역에 성큼 들어와 버린다.

2017. 12. 19.

출근길 7호선이 붐비는 것이야 말해 무엇하리. 오늘 아침
도 사람들은 지하철 문이 열리자마자 다급히 몸을 우겨 넣
는다.

우리는 퍼즐처럼 서로의 빈 공간에 타인을 우겨 넣고 얼굴
을 찌푸린다. 이런 것에 자신 없는 나는 마지막에 슬그머니
발을 올린다. 겨우 문 앞 틈새에 서서 가방을 품에 안았을
때, 하얀 머리카락에 귀여운 검정 베레모, 와인색 머플러를
두른 할아버지가 올라탄다. 이미 들어찬 사람들 틈은 부족
하고 미처 몸이 다 들어오기 전에 스크린도어가 움직인다.
그때 할아버지의 어깨를 조심히 잡아당기는 큰 손이 보인
다. 문이 닫히는 사이에 몸이 끼일까 걱정되어 한 손짓. 할
아버지가 돌아보며 고마워요, 하고 말한다.

나는 문에 비치는 젊은 남자를 본다. 다정한 사람이네. 미
소와 감사 인사를 건넬줄 아는 할아버지도 본다. 귀여운 할
아버지네.

찌그러진 몸으로 꾸역꾸역 움직이는 지하철 한 정거장이
나쁘지 않다. 한 시간 반이 걸리는 두 번의 환승이 필요한
출근길이, 글 조각들을 모으는 재미에 고되지만은 않다는

생각이 든다.

아, 이제 다음에 내린다. 길 위의 눈이 하루 만에 많이 녹았다.

2017. 2. 23.

출근길, 꽁꽁 얼어 있는 빙판을 요리조리 피하며 걷고 있는데, 저 앞에 보이는 아이는 빙판만 골라서 올라가 걷고 있다.

운동화 신은 발을 문질문질, 미끌미끌, 아마도 키득거리며 웃고 있겠지. 그 모습이 재밌어 보여, 부러운 마음이 들어서 나도 슬쩍 빙판 위에 올라가 본다.

어릴 때는 재밌는 일들이 더 많았던가?

그저 빙판 위에 두 발을 문지르는 것만으로도 한참을 웃을 수 있었나?

나이의 무게가 더해질수록 나도 모르게 몸을, 마음을, 움츠리게 되는 걸까?

여하튼 오늘 아침에는, 미끌미끌, 문질문질, 그러면서 슬쩍 웃었다.

2018. 1. 23.

저울의 한쪽에 무거운 마음을 올려놓아 본다. 추를 잃어버렸는지 하염없이 한쪽으로 기운다. 나는 무게를 잴 수 없다는 사실에 더욱 절망한다.

정확한 무게를 알 수 없는 감정이란 두렵다. 끝을 모르는 터널처럼 느껴진다. 한 번도 맛본 적 없는, 예상할 수 없는 음식을 눈앞에 둔 것처럼, 오늘 처음 수영을 배우러 간 꼬마처럼, 어쩔 줄 모르고 쭈뼛거리게 된다.

불행의 순간이라고 핀을 꽂아 둔 장면들이 얼마나 될까, 사람들은 어째서 불행의 순간들을 더 강렬하게 기억할까,

슬픔을 갈무리해 둔 앨범이 두툼해지는 것을 바라지 않는다. 행복의 순간들이 마모되는 속도와 불행의 순간들이 희미해지는 속도는 공평하지 않다. 점점 간격이 벌어진다.

2017. 12. 23.

출근길, 빠른 걸음으로 역을 향해 걷는데 시선을 가로채는 것이 있다.

그리고 겨울

빈 공중전화 박스 안에 놓인 노란 귤. 누군가 통화를 하다 잊고 간 것인지, 혹은 재미로 버려 두고 간 것인지. 이유도 모른 채 귤은 가만히 앉아 있고 나는 걸음을 멈춘 채 사진을 찍었다.

예전에는 공중전화 수화기가 얹혀져 있던 일이 많았다. 10이나 30정도의 숫자가 찍혀 있던 공중전화. 남은 돈을 다음 사람에게 건네겠다는 뜻의 올려 둔 수화기. 그때 우리는 조금 더 연결되어 있었는지도 모른다.

이제 각자의 스마트폰을 들여다보는 사람들은 다른 사람의 통화 따위에는 관심이 없다. 그저 작은 화면에 두 눈을 고정한 채 구부정하게 몸을 숙일 뿐이다. 우리는 서로의 눈동자보다 정수리를 마주하는 일에 익숙하다.

아마도 작은 귤은 그 자리에 오래도록 남겨져 있겠지, 누군가 주워 가는 일도 없을 것이다. 정체 모를 타인이 남겨 둔 것을 경쾌하게 가져갈 만큼 순진한 사람들은 이제 없다.

2019. 2. 25.

좋아하는 사람이 하는 것은 따라해 보고 싶어 하고, 어느

작가의 책 한 권이 좋아지면 그의 모든 책을 읽기 위해 서점을 들락거린다.

계절에 따라 어울리는 색의 펜을 사고(얼마 전 초록과 갈색 펜을 샀는데, 두 가지 색을 번갈아 쓰다 보면 노트에 숲이 생긴다), 마음에 닿은 문장과 떠오르는 생각들을 노트에 적는다.

일상을 적어 두는 것은 작은 행위지만 힘이 있다. 그래서 자꾸 펜을 든다. 여전한 것과 달라진 것들을 찬찬히 바라보는 것이 즐겁다.

2019. 2. 8.

삶이란 아무것도 아닌 것이 아니라는 걸, 깜빡 잊고 지내다가 문득 떠올리고는 마음이 따스해지는 것. 그러다가 어느 날에는 몸도 마음도 스산하여 아무것도 떠올리지 못하는 것.

그런 날들이 순서 없이 왔다 가고, 마음의 온도가 덥혀졌다 식었다가 하는 것. 언젠가 주체할 수 없이 마음이 끓어올라 화상을 입은 자리에 다시 냉해를 입기도 하는 것.

몇 살 더 먹으면 잔잔한 호수처럼 내 마음도 평화로와지려

나 헛된 희망도 가져 보고, 한 살 더 먹을 때마다 여전히 파도치는 마음을 바라보며 실망하는 것.

이랬다가 저랬다가 하면서 봄을 한 번 더 기다리고, 아침에 머리를 감으며 무얼 입을까 생각하고, 주말 약속을 떠올리며 콧노래를 흥얼거리는 그런 일상들.

아무런 특별할 것 없는, 걷고, 일하고, 먹고, 잠들고, 다시 깨어나서 하루를 시작하는, 그런 날들이 어쩌면 전부라고.

내가 나와 조금씩
가까워진 날들의 글

　바라던 일이 자연스럽게 이루어지는 순간, 기다리던 사람을 우연히 만나게 되는 순간, 머릿속으로만 그려 봤던 장면이 눈앞에 펼쳐질 때, 그러니까 살다 보면 운명이나 타이밍이라는 단어를 가져다 쓰고 싶은 순간들을 만나는 때가 있다. 대부분은 아주 드물게, 혹 운이 좋으면 종종.

　그러나 운이 좋아서, 혹은 타이밍이 맞아서, 라고만 말하자니 영 석연치 않다. 알게 모르게 이곳을 향해 계속 걸어 온 내 두 발의 발자국이 그 순간의 직전까지 남아 있으니까. 그러니 매일 써왔던 모습을 떠올리면 예상하지 못할 장면도 아니지만 그럼에도 '첫 책'이란 특별해서 곱씹을수록 신기하기만 하다.

　아틀리에 봄을 시작하며 블로그에 글을 쓰기 시작했다.

그전까지 노트에만 써오던 글을 바깥에 내놓자니 적잖이 쑥스러웠지만, 그것도 몇 번 하다 보니 익숙해지고 그러다 보니 또 잘하고 싶은 마음도 들더라.

2014년 이태원에서 시작해, 연남동, 그리고 을지로까지 오는 동안 7년이 흘렀다. 지나온 시간만큼 글도 쌓였다. 7년을 매일같이 쓰는 것은 별거 아닌 거 같지만 돌아보면 그것만큼 아무런 보상도 바라지 않고 순전히 좋아서, 재밌어서, 성실히 해온 것도 없었다.

매일 출근하고, 그림을 그리고, 사람들을 만나며 살았다. 수업을 마치고 고요해진 아틀리에에 앉아서, 단골 카페에서 라테 한 잔을 느리게 마시며, 흔들리는 버스와 지하철에서, 노곤해진 몸으로 엎드린 침대 위에서 썼다. 그날 만난 사람들, 그리고 있는 그림, 곧 떠나게 될 여행, 읽던 책, 오늘을 사는 나, 쓸 수 있는 것에는 한계가 없었고 결국엔 모든 것을 쓰고 싶어졌다.

스물아홉부터 서른다섯까지, 그렇게 매일을 적어 온 내 과거의 글들을 들여다보는 일은, 낯설고 어색했지만 색다른 즐거움이었다. 스물아홉에 쓴 것과 서른둘에 쓴 것을 이어 붙이거나, 서른여섯의 시선으로 서른다섯의 글을 쓰다듬었다. 과거의 글을 들여다보는 일은, 참 여전한 나와 많이 달라진 나를 잇는 작업이었다. 정말로 '아'와 '어'를 두고 고민하게 되는 순간도 있었다. 오늘은 마음에 들었다가 내일이 되면 별로라고 느껴지기도 했고, 어제는 괜찮았던 부분이 오늘은 말이 안 되는 것처럼 보이기도 했다.

그럼에도 멈출 수 없었던 이유는 이제껏 해온 어떤 일보다도 쓰는 것이 나를 나답게 하기에 좋았기 때문에. 나와 내 삶을, 내 안에서 만들어진 언어로 쓰는 일은, 꾸밈없는 민낯으로 세상을 마주하는 것이 두렵지 않도록 만들어주었다. 타인 혹은 세상 앞에서 그럴싸해 보이기 위해 애쓸 필요 없이, 쓰면 쓸수록 나다워졌고, 나다운 나로 살아가는 것은 적잖이 기분 좋은 일이었다. 두려움도 불안함도 여전히 내 안에 있었지만, 내가 나를 안다는 작은 확신이, 삶의 대부분의 순간을 나답게 즐길 수 있도록 해주었다.

글이 쌓일수록 읽어 주는 사람들도 조금씩 늘어났다. 기회가 닿아 여기저기에 글을 실어 보기도 했다. 언젠가부터 책을 내볼 생각이 있는지 묻는 사람들도 생겨났다. 그러나 세계와 인류를 사랑하는 마음과 동일하게 타인을 의심하는 마음을 장착한 어설픈 어른인 나는 그런 말에 쉽게 우쭐해지면 안 된다고 생각했다. 내 글이 책이 되는 것은 언제나 꿈꾸는 일이었지만 '아직'이라고 생각했으니까.

2017. 4. 30 London Tate Britain 상도,'17

그러던 어느 날, 아무런 방해도, 약간의 거슬림도 없이, 자연스럽게 책을 만들게 되었다. 바로 어제까지 얼굴도 본 적 없던 사람들과 만나고, 인사를 나누고, 밥을 먹고, 술을 마시며 이야기를 나누다가, 책을 만들기로 했다. 마침 코로나로 수업이 줄어들어 글을 매만질 시간이 넉넉히 주어졌고, 2020년의 나는 일상의 뒤틀림에 불안해할 새도 없이 책을 만드는 일에 푹 빠져들었다.

어떤 일이 되는 타이밍이라는 게 있다는 말, 어떤 일이 되도록 돕는 인연이 있다는 말, 그런 말들을 잘 믿지 않았지만, 이번만큼은 나도 어쩔 수가 없었다. 2020년은 첫 책이 만들어질 타이밍이었고, 귀인이 되어 준 사장님이 계셨고, 내 글이 나다운 책이 될 수 있도록 만들어 줄 편집장님과 대표님, 그리고 서작가님이 나타났으니까.

우리가 처음 만났던 날을 떠올려 본다. 봄의 끝자락에, 약간은 떨리는 마음으로, 가장 좋아하는 초록이 가득 담긴 꽃 한 다발을 가득 안고 찾아간 구기동 작업실. 사장님을 따라 들어선 나를 보고 놀라던 세 분의 표정은 생각할 때마다 웃음이 난다(사전 정보가 없어서 나이 지긋한 남자분을 예상했었다고).

원고를 마무리하며 이렇게 글을 적고 있자니 이다음은

어떨까, 하는 기대가 슬그머니 내 안을 채운다. 첫 책의 에필로그를 적으며 두 번째 책은 뭐가 좋을까 상상하다니, 점심 먹으면서 저녁 메뉴를 고민하는 것만큼이나 성급한 게 아닐까 싶지만. 덕분에, 살아가는 내내 설레할 것이 하나 더 생겼다.

어제 썼듯이 오늘도 쓰고, 내일도 모레도 계속 쓸 테니, 이렇게 쌓아 간 글들이 모여 두 번째 책이 되지 말라는 법도 없을 테니까. 두 번째, 세 번째 책을 기대하며, 매일 매일을 써야겠다.

일곱 번의 봄:
당신의 스물아홉부터 서른다섯은 어땠는지

글 최새봄
그림 서상익
발행일 2020년 11월 30일 초판 1쇄

발행처 다반
발행인 노승현
책임편집 민이언
출판등록 제2020-000231호(2011년 1월 20일)
주소 서울특별시 서초구 신반포로 47길 12 유봉빌딩 4층
전화 02) 868-4979 **팩스** 02) 868-4978

이메일 davanbook@naver.com
홈페이지 davanbook.modoo.at
포스트 post.naver.com/davanbook
블로그 blog.naver.com/davanbook
페이스북 www.facebook.com/davanbook
인스타그램 www.instagram.com/davanbook

ISBN 979-11-85264-48-6 03810

다반─일상의 책